죽을 자리는 역시
병원이 좋겠어

죽을 자리는 역시 병원이 좋겠어

ⓒ 한수정 2023

이 책은 저작권법에 의해 한국 내에서 보호를 받는
저작물이므로 무단전재와 무단복제를 금합니다.

Copyright ⓒ 2023 HANSUJEONG
All rights reserved.

죽을 자리는 역시 병원이 좋겠어

한수정 지음

등장인물

서울

남유진: 주인공. 의사이자 자살 희망자
김지훈: 유진의 동료 의사이자 초등학교 동창
김훈: 유진의 동료 의사. 간담췌외과 교수이자 김지훈의 부친
지유나: 유진의 두 번째 상담의. 개인 병원 대표
이서찬: 유진의 동료 의사. 정형외과 교수

상면

김미정: 상면 병원의 간호사
유호철: 상면 마을의 약사
장길주: 상면 마을의 면장
강지창: 상면 마을의 주민
박고환: 상면 마을의 주민. 고물상의 사장
진구영: 상면 마을 발전 위원회 위원장
진해영: 전직 상면 초등학교의 교사. 진구영의 딸.
홍자영: 상면 마을의 주민. 정서진의 외할머니
정서진: 상면 마을의 주민. 홍자영의 외손자

차례

1장	역시 병원밖에 없어	007
2장	일이 술술 풀리는 이 느낌	045
3장	도둑맞은 모르핀	099
4장	용의자를 찾아야 한다	125
5장	도무지 시간이 없을 때 하는 일	167
6장	앗, 들켜 버렸다	193
7장	어머니와 비참함으로 얼룩진 과거	255
8장	뜻하지 않은 조력자가 생겼을 때	273
9장	범인은 바로…	307
10장	안녕, 나의 제자	333
맺음말		350

일러두기

1. 본 소설에 등장하는 모든 인명, 지명, 사건 등은 허구입니다. 실존하는 인물, 장소, 건물, 제품과는 일절 관련이 없습니다.
2. 본 소설의 주는 모두 편집인이 독자의 이해를 돕기 위해 붙인 것입니다.
3. 본 소설의 삼인칭 대명사는 성별 구분 없이 '그'입니다.

1장

역시 병원밖에 없어

유진은 자주 익사하는 꿈을 꿨다.

바다는커녕 수영장을 방문한 것도 까마득한 과거의 일이다. 그런데 왜 물과 관련된 꿈을 꾸는지는 그 자신도 몰랐다. 악몽을 꾼 날은 유독 일진이 나빴다. 몸은 물먹은 솜처럼 무겁기만 하고 이따금 숨까지 턱턱 막혔다. 몸 상태부터 최악인 날이니 재수 없는 하루로는 손색이 없으리라.

유진은 우울한 얼굴로 병원 당직실의 문을 열었다. 막 근처를 지나가던 동료 교수가 그를 부른다.

"남 교수, 과장님이 찾던데?"

"저희 과장님이요?"

"응, 조례 때. 늦잠 잤어?"

"아…"

유진이 머뭇대는 사이 김 교수는 너털웃음을 터트렸다.

"심각한 안건이 있었던 것도 아니니 그런 표정 지을 것 없어. 다들 진료다 수술이다 바빠서 빈자리도 많았는걸. 급한 용무였으면 원내 방송을 했겠지. 어쨌든, 시간 날 때 찾아뵈라고."

"네. 알려 주셔서 감사합니다."

"무얼. 어렵지도 않은걸."

김 교수는 가볍게 손을 흔들면서 멀어졌다. 유진은 그의 뒷모습을 물끄러미 보다가 터벅터벅 걷기 시작했다. 리놀륨 바닥을 스치는 발걸음 소리가 규칙적으로 울려 퍼졌다. 소리의 방향은 외과 과장의 사무실 쪽이다.

과장의 사무실은 수술실 가까이에 있다. 위급한 상황일 때 한시라도 빨리 일손을 보태기 위해서라는 소문이 알음알음 돌았으나 근거는 없었다. 그런 일을 겪지 않았다면 자신도 그저 뜬소문으로 치부하고 말았을 터였다.

유진은 과장실 앞에서 숨을 크게 들이쉬었다가 뱉었

다. 원목으로 된 문을 가볍게 두드리자 닫힌 문 안쪽에서 들어오라는 소리가 났다. 그는 조용히 문을 열고 과장실에 들어섰다.

"어서 들어오게. 커피가 좋나, 차가 좋나?"
"저는 괜찮습니다."
"그럼, 나 커피 한 잔만 내리게 잠깐 기다리지."
"네."

유진은 커피 머신을 만지는 과장을 멍하니 바라봤다. 반자동 커피 머신은 필터를 교체하는 데만 사람의 손길이 필요했다. 커피 원두를 갈거나 물을 데우는 것은 기계의 몫이다. 그러나 과장은 머신 앞을 떠나지 않았다. 원두가 갈리는 소리가 요란하게 울리고 물이 끓는 소음이 완전히 멎을 때까지.

그 모습을 본 유진은 생각했다. 사람을 앞에 두고 마음의 준비를 해야 할 정도로 곤란한 용건인 게 분명하다고.

일 년이면 과장도 충분히 참았다. 유진은 화제를 지레짐작했다.

"이제, 털고 일어나야지."

과장은 커피 한 잔을 손에 들고 앉자마자 본론을 꺼냈다. 유진은 고개를 떨구고 신발만 응시했다.

배가 고프면 밥을 먹으면 된다. 춥다면 외투를 두르거나 따뜻한 장소로 들어가면 되고, 반대로 덥다면 껴입은 옷을 벗거나 에어컨을 틀면 된다. 시험에서 만점을 받고 싶다면 공부하면 된다. 대부분의 문제는 얼마간의 품을 들이면 해결할 수 있다.

그러나 마음은, 보이지도 않고 확인할 수도 없는 심리적인 무언가는 유진에게 영원한 난제다. 해결할 수 없는 문제를 부여잡고 끙끙거리는 것은 의미 없는 일이므로 그는 그 문제에서 손을 뗀 지 오래였다. 스스로 판단하건대 딱히 털어 낼 것도 없는 상태이기도 했다.

"외과 의사가 메스 잡기를 거부해서야 되겠나."

"…"

방금 과장이 언급한 한 가지 문제만 빼면 말이다.

"그리고 대체 집에는 왜 안 들어가는 건가? 당직도 아닌데 당직실에서 산다며 원성이 자자해. 아무리 여유 침대가 있다고는 하지만, 그걸 자택 침대 대용품으로 쓰면 안 되지."

두 가지라고 해야겠다. 유진은 과장의 말을 듣고 얼빠진 표정으로 생각했다. 이제 보니 문제가 아예 없진 않은 모양이다.

과장은 유진을 물끄러미 응시하다가, 조심스럽게 그러나 단호하게 말했다.

"선대부인* 일은 나도 유감스럽게 생각하네. 하지만 그건 누구도 예상하지 못했던 일이야. 그냥 사고였을 뿐이라고. 언제까지 그 일에 매여 살 셈인가."

"..."

유진은 표정 변화 없이 과장의 말을 들었다. 엉망인 그의 뱃속은 귀로 들어오는 어떤 소리도 제대로 소화하지 못했다. 위로의 말이든 충고의 말이든 결과는 달라지지 않는다. 한참 전부터 그런 상태가 지속됐기 때문에 유진은 그게 잘못된 것인지조차 알 수 없었다.

뜨뜻미지근한 반응을 본 과장은 크게 한숨을 쉬고 어조를 달리했다.

"병원에선 장례식 후에 자네에게 정신 의학과 과장을 붙여 줬지. 그런데 상담도 곧 그만뒀다며. 물론 그걸 탓하려는 건 아닐세. 직장에서 아는 사람한테 심리 상담을 받는 일은 꺼려지겠지. 안 그래도 정신 의학과 과장이 그러더군. 다른 상담의를 소개해 줬다고."

* 돌아가신 남의 어머니를 이르는 말.

모든 건 마음먹기에 달렸다고 말하며 잘난 척하던 두 번째 상담의를 떠올린 유진은 저도 모르는 사이에 표정을 구겼다. 겉으로 드러난 변화가 크지 않아 과장은 유진의 기분을 눈치채지 못했다. 그는 담아 놨던 말을 쏟아 내기 바빴다.

"개인적으로 상담을 받으면 병원에서는 알 수가 없으니, 자네가 심리 치료를 꾸준히 받았는지는 나도 확인할 수 없어. 하지만 의지를 다지고 성실히 상담에 응했으면, 자네는 이미 메스를 들고도 남았겠지. 지금까지 차도가 없다는 건… 글쎄, 과정이 어찌 됐든 결과는 시원치 않군."

"…"

거기까지 들은 유진은 차라리 과장이 자넨 해고일세, 하고 그냥 본론을 꺼내길 바랐다. 메스를 잡을 수 없다는 걸 알게 됐을 때부터 각오는 돼 있었다.

참다못해 막 해고냐고 물으려던 찰나에 과장이 뜻밖의 말로 면담을 마무리했다.

"하지만, 자네 같은 재원을 그냥 잃을 수는 없지. 그러니 방법을 찾아보게. 자네가 외과의로 복귀할 만한 방법이라면 뭐든 좋네. 오늘부터 사흘의 말미를 줄 테니, 잘 생각해 봐. 이게 마지막 기회라는 건 굳이 말하지 않아도 알겠지."

"…네, 알겠습니다."

머뭇대던 유진은 가타부타 따지지 않고 과장의 제안을 받아들였다. 그는 과장과 옥신각신할 기운이 없었다. 게다가 유진이 아는 과장은 한번 마음먹은 것은 절대로 물리지 않는 사람이다. 일 년 동안 허송세월한 의사에게 거창하게 두 번째 기회씩이나 주는 까닭을 알 수는 없지만 이미 벌어진 일이다.

두꺼운 문이 완전히 닫히고 나서야 유진은 참았던 한숨을 내쉬었다.

만약 유진에게 남은 것이 오로지 외과 의사로서의 정체성이라는 걸 알았다면 과장은 똑같은 제안을 하지는 않았으리라. 어머니가 유진을 지탱하던 두 기둥 중 하나였으며 그가 외과의라는 나머지 기둥 끝에 간신히 매달린 상태란 걸 알았다면, 선택하라며 등을 떠미는 일이 얼마나 무신경한 짓인지 몰랐을 리는 없으니까.

그러나 과장은 초능력자가 아니기 때문에, 그의 호의가 어떤 결과를 초래할지 몰랐다.

아직은 당사자조차 아무 생각이 없었다.

*

첫째 날, 유진은 평소와 같이 병원에서 하루를 보냈다.

당직실을 자택처럼 이용해서는 안 된다는 말을 들었지만, 무릇 이사 준비는 하루아침에 끝나지 않는 법이다. 유진은 허송세월하는 동안 쌓아 놨던 짐을 한데 모으기 시작했다.

"선생님. 곧 진료 시간입니다."

귀에 익은 목소리가 그를 방해하지 않았다면 짐 정리는 하루 종일 계속됐을 터다.

한 더미의 서류를 손에 든 유진이 멍하니 간호사의 얼굴을 쳐다봤다. 지난 몇 개월간 유진과 함께 일한 간호사는 그의 멍청한 표정에도 아랑곳하지 않고 한 번 더 시간을 알려 주고 당직실을 나섰다.

간호사는 유진이 항상 당직실에 머문다는 걸 알았다. 얼빠진 얼굴로도 진료 시간만큼은 칼같이 지킨다는 것도 알았다. 더불어, 유진이 자기 얼굴을 기억하지 못한다고 확신했다. 항상 낯선 사람을 보듯 자신을 봤으니까.

유진이 진료를 볼 때도 나사가 빠진 것처럼 굴었다면, 간호사는 그 길로 소문을 퍼트리는 무리에 가담했을 터였다. 직장 동료의 입에서 나온 악평만큼 전파되기 쉬운 말은 또 없으므로 소문은 금세 병원 전체에 퍼졌을 것이다. 주로 유진의 헐렁한 정신머리에 대한 소문이. 그런 상황에선 과장도 두 번째 기회를 주진 못했으리라.

결국 유진에게 주어진 기회는 그의 직업 정신에서 비롯됐다.

"다음 환자분 볼게요."

유진은 평소처럼 일했다. 연차를 쓴 동료를 대신해 환자를 진료하고, 다양한 부위의 드레싱을 처리한다. 온갖 검사 결과지를 읽고 해석하는 것 또한 업무의 일환이다.

상담과 진료 모두 의사의 일이지만 수술에 비하면 선호도가 낮다. 수가가 높은 것은 외과 수술이기 때문이다. 수술을 통해 의사와 병원 모두 크게 이득을 보므로, 일 년씩이나 유진을 가만둔 건 오히려 이상한 일이다. 유진은 새삼 과장의 인내심에 감탄했다.

얼마 지나지 않아 진료가 모두 끝났다.

"수고하셨습니다."

텅 비어버린 대기실을 정리한 간호사가 진료실로 돌아와 인사를 건넸다. 유진은 평소와 같이 묵례하고 자리를 뜨려다가 멈칫하며 몸을 돌렸다.

"외과의는 역시 수술해야 하는 거겠죠?"

간호사는 깜짝 놀랐다. 유진의 입에서 진료와 상관없는 말이 나올 줄 몰랐기 때문이다. 눈을 끔뻑이며 질문을 되새기던 간호사는 어렵지 않게 질문이 유진의 이야기라는 걸 눈치챘다.

"아무래도 병원에서 외과 의사를 고용한 이유가 그거 아닐까요? 심지어 정형외과는 의사가 적기도 하고… 우리 병원에도 선생님하고 이 선생님, 딱 두 분뿐이잖아요."

간호사는 코끝을 찡그리며 대답했다.

유진이 수술에서 손을 떼 남은 한 명이 고군분투하는 실정이다. 그의 눈에는 문제를 만든 유진이나 항의하지 않는 이 선생이나 똑같이 이상했다.

"그렇군요. 알려 주셔서 감사합니다."

간호사가 딴생각하는 사이에 유진은 대화를 마무리 지었다. 힘없는 뒷모습을 본 간호사는 오늘따라 그가 더욱 기운이 없어 보인다고 생각했다.

본래도 생기와는 거리가 먼 사람이긴 하지만…

간호사는 찜찜함에 입맛을 다셨다.

유진의 등이 시야에서 사라지기 전에 내선 전화가 울

렸다. 간호사는 두 번 생각할 것 없이 수화기를 들었다.

"네, 선생님. 아, 바로 가겠습니다."

간호사는 유진과 반대 방향으로 종종걸음을 쳤다. 사소한 일을 담아 두기에는 하루하루가 너무 바쁜 탓에, 오늘 일은 채 이십사 시간이 지나기 전에 그의 머릿속에서 휘발될 예정이다.

멍하니 걷던 유진이 도착한 곳은 구내식당이다. 진료가 끝나면 으레 그렇듯 늦은 식사를 하는 습관이 그를 식당으로 이끌었다. 유진이 식당에 들어서자, 몇몇 사람이 그를 쳐다본다.

유진이 빈자리를 찾아 식판을 내려놓자 근처에 있던 사람들이 급하게 자리를 뜬다. 유진은 그들에게 눈길도 주지 않고 수저를 들었다. 그는 자신이 기피 대상이라는 걸 이미 알고 있었다. 하지만 불합리한 행동을 지적할 생각은 없었다. 그럴 기력이 없다는 말이 더 정확했다.

다행히도 그의 주위에 항상 그렇게 몰상식한 사람만 있는 것은 아니다.

"아-! 남 선생."

방금 막 유진을 소리쳐 부른 지훈처럼.

입에 막 음식을 밀어 넣은 유진은 작게 묵례했고, 지훈은 소극적인 인사에도 기분 나쁜 기색 없이 말을 붙였다.

"오늘따라 진료 시간이 길어져서 나도 밥을 이제야 먹네. 남 선생은 오늘도 바빴겠구먼."

음식물을 모두 씹어 삼킨 유진이 무덤덤하게 대꾸했다.

"평소랑 똑같았어."

"아이고~ 그게 바쁜 거지, 뭐. 참… 이 선생님도 그래. 아무리 네 수술을 대신한다지만, 그렇다고 진료를 다 떠넘기면 쓰나."

유진은 대답 대신 단호하게 고개를 저었다. 그는 오히려 이 선생이 고마웠다. 이 선생이 아니었다면 수술장에서 더 많은 환자를 잃었을 터였다.

시원찮은 반응을 본 지훈은 조용히 수저를 들었다.

"여, 김지훈 선생~"

"어어~"

유진이 식사를 절반쯤 끝냈을 때 지훈의 동료 의사들이 시끌벅적하게 등장했다. 유진에게 작게 묵례한 그들은 하나둘 지훈 근처의 빈자리를 채웠다.

지훈은 동료에게 유진을 소개했다.

"자자, 다들 얼굴은 알지? 과가 다르긴 하지만, 우리 병원에 둘밖에 없는 정형외과니까 말이야. 이쪽은 남유진 선생이야."

"아! 혹시 소문의 그분?"

일순 분위기가 얼어붙었다.

"야!"

실언한 당사자에게 면박이 쏟아지고, 더러는 유진에게 사과한다.

"죄송해요. 모르는 사람이 아는 척을 해서 기분 나쁘셨죠."

무표정한 얼굴로 고개를 가로저은 유진은 식사에 집중했다. 머쓱한 웃음을 교환한 그들은 화제를 돌렸다.

그때 지훈이 불쑥 말을 붙였다.

"얘네도 정말 악의가 있던 건 아냐. 기분 상한 거 아니지?"

"딱히."

"쯧… 차라리 기분 나쁘다고 해라. 네 일인데 왜 그렇게 관심이 없어."

유진이 대답 없이 찌개를 떠먹는 중에도 지훈의 열변은 그칠 줄을 몰랐다.

"네 밥그릇은 네가 챙겨야지. 아까도 말했지만, 대체

언제까지 이 선생님을 두고 볼 거야? 남 선생 몫을 다 채가고 있잖아. 가뜩이나 정형외과는 수술 수가도 낮은 편인데 그마저도 못 받으면… 남 선생, 마지막으로 수술한 적이 언제야?"

"…"

입맛이 떨어진 유진은 수저를 내려놨다. 지훈은 유진의 행동을 못 본 척 말을 이었다. 제 친구를 향한 흉흉한 소문을 오늘이야말로 뿌리 뽑고 싶었다. 유진이 자기 자신을 위해 나서지 않으니, 그가 대신할 수밖에 없지 않은가. 지훈은 그렇게 오지랖을 자기 합리화했다.

"남 선생 잠깐 쉴 틈에 정형외과 수술을 대신한 거, 난 거기까진 이해해. 근데 네가 돌아왔으면 수술을 돌려줘야 할 것 아니야. 누군 굶어 죽으라는 거야? 수술도 없이 진료로만 생계를 꾸리는 거, 그게 하도 빠듯해서 죽을 고생 해서 외과 의사가 된 건데. 어떻게 외과의더러 수술 없이 살라고 하나? 이 선생도 참… 아무리 애가 셋이어서 힘들다고는 해도 새파랗게 어린 후배 수술까지 가져가는 건 아니지. 너도 그러지 말고, 제대로 따져서 본인 몫을 돌려받으라고."

"역시 외과의가 수술 못 하면, 안 되는 거겠지?"

지훈은 유진이 그제야 정신을 차린 줄 알고 신나서 대답했다.

"아, 당연하지. 그게 무슨 의사야, 의사가. 꼭 수술로 사람 살리는 의사가 되라고 너희 어머니께서 말씀하시기도, 아… 남 선생…!"

유진은 벌떡 일어나 식당을 떠났다.

지훈이 뒤따라 일어나 유진을 애타게 불러 보지만 그는 한 번도 돌아보지 않았다. 지훈은 다시 의자에 궁둥이를 붙이며 머리를 마구 헝클였다.

옆자리의 동료 의사가 호기심 어린 표정으로 묻는다.

"선생님, 남 선생님이랑 친하세요?"

"초등학교 동창이야."

"그럼, 소문이 진짜예요? 남 선생님이 더 이상 수술을 안 한다는 거? 그분 어머니가 돌아가신 날부터 그랬다는데?"

"맞아요. 아시는 거 있으면 얘기 좀 해주세요."

"소문은 소문일 뿐이야. 쓸데없는 데 신경 끄고 밥이나 먹어."

"에이~ 먼저 말을 꺼낸 건 선생님이면서."

지훈은 뒷머리를 긁적이며 그에게 쏟아지는 야유를 견

였다. 그는 내심 자기 말이 그대로 퍼지기를 바랐다. 팔푼이 의사보다는 순진한 후배라는 소문이 백배 나으니까. 듣는 귀가 많았으니 기대할 만했다. 한편으로 지훈은 다음번에 유진을 만나면 꼭 사과해야겠다고 다짐했다.

걸으면서 점차 평정을 되찾은 유진은 하다 만 방 정리를 끝내기 위해 당직실 앞에 섰다. 막 문고리를 잡았을 때, 누군가가 그를 불러 세웠다.

"남 선생."

"안녕하세요, 이 선생님."

"응. 잘 지냈지?"

쥐를 닮은 얼굴에 비굴한 웃음을 걸친 이 선생이었다. 인사를 주고받았는데도 그는 자리를 뜨지 않는다. 유진은 그제야 이 선생이 자신을 찾아왔다는 걸 깨달았다.

"혹시, 잠깐 얘기 좀 할 수 있을까?"

"잠깐이라면요."

유진은 또 한 번 방 정리를 미뤘다. 문고리에서 손을 떼고 몸을 돌리자, 이 선생은 시선을 피하며 서두를 꺼냈다.

"그, 남 선생도 알다시피, 내가 얼마 전에 셋째를 봤잖나."

"음…"

 삼 년을 얼마 전이라고 말할 수 있다면 그것도 틀린 말은 아니다. 유진의 소극적인 반응을 무시한 이 선생은 말을 이었다.

 "그래서 그런지 기본급만으로 생계를 꾸리는 게 영 힘들어. 자네가, 그… 수술하지 않는 게 내게는 도움이 됐달까? 무신경하게 들렸다면 미안하네. 어쨌든 내가 그러라고 강요한 건 아니니까."

 유진의 입에서 바람 빠지는 소리가 났다. 자기 말만 하기 바쁜 이 선생은 그것이 헛웃음이라는 사실을 눈치채지 못했다.

 "아무튼 그래서 말인데… 아마, 우리 과장님이 조만간 자네를 부를 것 같아."

 금일 아침에 이미 다 끝난 일이지만 유진은 굳이 알려주지 않았다. 미주알고주알 설명할 기운이 없었다. 근래 들어서 한 명과 오 분 이상 대화를 나누는 것조차 힘들었으니, 오늘은 이미 충분히 강행군이다. 하지만 무표정에서 피로를 읽지 못한 이 선생은 별다른 망설임 없이 뒷말을 이었다. 표정에서 티가 났더라도 그가 유진을 배려해 줬을지는 모를 일이다.

"과장님이 무슨 말씀을 하실지는 자네도 짐작하겠지. 근데, 말했듯이 요즈음 우리 가계가 영 힘들어서… 자네도 일 년이나 쉬었으면 수술하는 방법도 다 까먹었겠지, 안 그래?"

유진은 순간적으로 떠오른 수술장의 모습에 오싹함을 느꼈다. 차가운 금속 프레임과 온도라고는 느껴지지 않는 무영등의 빛. 수술이 시작되자마자 메스를 외치는 자신. 표시된 선을 따라 절개하는 손. 마침내 주르륵 흐르는 피, 피, 피…

가뜩이나 하얀 유진의 얼굴은 더욱 창백해졌다. 그는 소리 높여 외치고 싶었다. 모든 수술, 모든 과정을 사진이라도 찍어서 뇌에 저장한 것처럼 기억하고 있노라고. 그리고 바로 그래서 수술장으로 복귀하지 못하는 것이라고. 그러나 한 단어도 입 밖에 낼 수 없었다. 싸늘한 한기를 느낀 유진은 고개를 푹 숙이고 팔로 몸을 감쌌다.

"시대가 시대니 이런 구닥다리 같은 말을 하면 안 되겠지만, 자네도 알다시피, 자네 같은 미혼의 여의사와는 달리 나는 딸린 식구가 있는 가장이야. 그러니… 혹시 과장님께 복귀 의사를 전하고 싶거들랑, 조금이라도 내 생각을 해줬으면 해. 우리, 일 년 동안 손발이 잘 맞는 파트너

였지 않나. 수술은 내가, 진료는 자네가. 난 이 균형이 아주 만족스럽고 굳이 바꿀 필요도 없다고 봐. 안 그런가?"

이 선생은 침까지 튀겨 가며 떠벌거렸다.

그는 눈을 내리깔고 침묵만 고수하는 유진 때문에 애가 탔다. 호오는 표정에서 드러나기 마련이라, 그는 반응을 확인하고자 슬쩍 허리를 굽혀 유진과 시선을 맞췄다. 끝을 알 수 없는 공허를 목도한 이 선생은 화들짝 놀라며 허리를 바로 했다. 다음 순간 유진이 고개를 들어 그를 쳐다봤을 때, 공허는 온데간데없었다.

잘못 봤다는 결론을 내린 이 선생은 유진의 말에 집중했다.

"선생님은, 수술 못 하는 의사에 대해서 어떻게 생각하십니까?"

"으응? 갑자기 무슨 뚱딴지같은 소리야? 아, 자네 상황을 놓고 하는 질문인가?"

눈을 가늘게 뜬 이 선생이 유진의 얼굴을 살폈다. 하지만 무표정에서 읽을 수 있는 것은 없었다. 작게 한숨을 쉰 그는 운을 뗐다.

"외과의가 아닌 이상, 수술 가능 여부가 의사의 필수 소양은 아니라고 보네. 내과나 뭐, 방사선학과 같은 곳도 있으니까. 근데 우리 같은 외과의가 수술을 안 하는 건, 곧 죽는 거나 다름없지. 수가 높은 수술을 하지 않는 이상 먹고사는 게 어렵지 않겠나. 우리 마누라가 말이야, 글쎄. 돈 못 버는 의사가 그러고도 의사냐고 하더라고."

"…"

"그걸 우리 외과의 관점에서 해석하면… 아무래도 수술도 못 하면 그게 의사냐는 뜻으로 들리지 않나? 마누라는 의사는 무조건 억대 연봉을 버는 줄 알더라고. 참, 현실을 모른다니까. 으응? 자네, 얘기하다 말고 어디 가나?"

"말씀 끝나신 것 같아서요. 제가 선생님 수술 뺏는 일, 없을 거예요. 그러니까 걱정하지 마세요."

"으응? 아, 그렇다면 다행이지만…"

이 선생은 뒤늦은 후회에 입맛이 썼다. 그제야 양심이 따끔거렸다. 그는 당직실로 들어가는 유진의 등을 물끄러미 쳐다봤다.

어찌해야 할지 몰라 우두커니 문 앞에 서 있던 그를 구한 사람은 살짝 열린 문 사이로 얼굴을 빼꼼 내민 유진이다.

"저 모레 하루 연차 쓸 예정입니다. 스케줄 조정, 가능할까요?"

"아, 그럼! 자네도 쉴 땐 쉬어야지! 진료는 내게 맡기고 걱정하지 말고 쉬다 오게."

"감사합니다."

깔끔한 인사와 함께 유진은 문 안쪽으로 완전히 자취를 감춰 버렸다. 굳게 닫힌 문을 보던 이 선생은 비척비척 걸음을 옮겼다.

문득 이 선생은 유진이 진료를 맡은 이래로 단 한 번도 쉬지 않았다는 사실을 깨달았다. 그는 이번 기회에 유진이 머리를 좀 식히고 지금의 체계를 유지하는 쪽으로 결론을 내리기만을 간절히 바랐다. 일 년 만에 휴가를 요청한 후배의 사정보다 중요한 것은 자신의 밥그릇이다.

*

둘째 날, 유진은 모든 상담의를 재방문했다.

짐을 정리하느라 하루를 꼬박 새운 직후라 그의 현실 감각은 다소 뒤떨어졌다. 몇 분간 쪽잠을 잘 때 꾼 악몽 역시 혼몽한 정신에 일조했다.

"오랜만이네요, 남 선생님."

푸근한 미소로 유진을 반기는 의사는 과연 외과 과장이 소개할 만했다. 이야기를 뽑아내는 능력이 대단해서 정신 의학과 과장이라는 직함이 썩 잘 어울렸다.

그러나 그와의 상담에는 치명적인 문제가 있었다. 유진은 몇 번의 상담을 거치며 그것을 인식했다. 정신 의학과 과장은 그를 내담자가 아닌 동료 의사로 여겼다. 그러한 사고방식은 말씨에서도 여실히 드러났는데, 과거에나 지금이나 유진의 호칭은 여전히 '남 선생님'이다.

한편으로 유진은 상담의의 태도를 충분히 이해했다. 같은 일을 겪은 사람들끼리 고충을 털어놓는 것은 심리 치료의 일환이다. 누군가에게는 분명 훌훌 털고 일어날 수 있는 계기가 되리라.

그것이 유진에게 아무런 도움이 되지 못한 이유는 그의 정신이 공감대를 형성하는 방법으로는 회복될 수 없을 만큼 망가졌기 때문이다. 훌륭한 상담의라면 내담자의 상태를 알아차려야 마땅하지만, 정신 의학과 과장은 훌륭한 상담의보다는 일 잘하는 과장에 더 가까웠다. 그는 문제를 인식하자마자 상담을 그만두었다.

"다시 상담받으러 온 건가요?"

과장의 기대와는 달리 유진은 이미 내린 결정에 쐐기를 박기 위해 상담실을 찾았다. 그를 최초 상담한 의사의 시각이 필요했다.

　마지막 상담에서 과장은 다른 의사의 주소를 적어 건넸다. 유진은 그것부터 물어보기로 했다.

"궁금한 게 있어서 왔습니다."

"아, 내담자가 아니라 외과의로서 온 건가요?"

　유진은 침묵했다. 과연 자신을 외과의라고 칭해도 될지 의문이다.

　과장은 말이 없는 유진을 향해 고개를 주억거리며 화제를 전환했다.

"그래서, 궁금한 게 뭐죠?"

"왜 다른 상담의를 찾아가라고 하셨나요?"

　과장의 눈이 놀란 듯이 커졌다. 빠르게 표정을 갈무리한 그는 묘한 표정을 지으며 되물었다.

"내가 다른 의사를 소개한 게 벌써 팔 개월 전의 일이에요. 그건 기억하죠?"

"네."

"그런데 이제 와서 그게 궁금하다고요?"

"네."

"흠…"

흥미롭다는 표정의 과장은 싱긋 웃으며 대답했다.

"나로는 안 될 것 같아서요."

"치료가 불가능하다고 판단하신 건가요?"

"남 선생을 포기한 거냐고 묻는 거면, 아니요."

유진의 입이 한일자로 다물렸다. 과장은 빠르게 덧붙였다.

"하지만 내가 적임자가 아니라고 판단했느냐면, 네. 그랬죠."

"왜 그렇게 생각하셨죠?"

"남 선생이 상담 때 나한테 했던 말은 다 피상적인 것뿐이었으니까."

"…"

"보통 내담자들은 간단한 말에도 자기 생각을 담아요. 요컨대 내가 날씨를 물어봤다고 가정하죠. 그러면 내담자는 오늘은 햇볕이 쨍쨍해서 그런지 기분이 좋다고 대답해요. 혹은 날이 우중충해서 우울하다거나요."

유진은 조용히 이야기를 들었다. 과장은 하소연하듯 말을 쏟아 냈다.

"그런데 남 선생님은… 같은 질문에 기상 예보를 읊었

죠. 날씨에 대한 감상이나 추억, 무엇도 들을 수 없었어요. 모든 질문, 모든 화제에 자기 자신에 대한 내용이 빠져 있었죠."

그런 상태의 환자를 치료하는 게 정신 의학과 의사의 일 아닌가. 유진은 멍하니 생각했다. 과장은 그렇게 생각하지 않는 모양이다.

"그렇게 4개월을 보내고 나서야 깨달았어요. 아, 남유진 선생님은 내게 마음을 열 생각이 없구나. 그래서 다른 의사를 추천한 겁니다."

"그때 소개해 주신 분이 적임자라고 생각하셨나요?"

"남 선생 케이스에만 나보다 많은 경험이 있는 분이죠. 객관적으로 남 선생을 볼 수 있게 정말 기본적인 정보만 전달하기도 했고."

유진은 물끄러미 과장을 쳐다봤다. 세월이 만든 흔적을 자잘하게 달고 있는 정신 의학과 과장은 자애로운 노부인의 얼굴을 하고 있었으나, 유진은 그것이 정교하게 조각된 가면이라는 생각을 떨칠 수 없었다.

상담이 시작되기 전부터 과장은 유진의 모든 것을 알았다. 병원 관계자이자 외과 과장의 아내라는 위치가 그걸 가능케 했다. 그래서 더욱 그를 이해할 수 없었다.

최소한의 정보가 치료에 도움이 된다면 과장은 유진을 맡아서는 안 됐다.

불편한 침묵이 계속됐다. 잠시 마음을 정리한 유진은 본래의 용건을 꺼내 들었다. 지나간 일을 따져 봤자 아무 의미 없는 일이다.

"충분한 상담 후에도 문제가 해결되지 않는 환자가 있나요?"

과장은 이마를 살짝 건드리며 고민하더니 말했다.

"아무리 내가 정신 의학과 과장이라지만 상담이 만능이라고는 못하겠네요. 모두 저마다의 해결 방법이 있는 법이죠. 누구는 상담을 통해서 나아지지만, 어떤 환자는 말보단 행동을 통해 문제를 해결해요. 운동 같은 방법으로. 또 시간이 약이라는 말, 나는 꽤 여러 분야에서 통용할 수 있다고 생각해요."

유진은 이미 일 년을 허비했다. 상담도 시간도 약이 될 수 없다면 남은 방법은 하나뿐이다. 미묘한 미소를 입에 건 유진은 감사 인사를 하고 상담실에서 나왔다.

대기실은 싸늘하게 비어 있었다. 상담에 든 시간은 십 분 남짓으로 점심시간은 아직 끝나지 않았다.

유진은 과장이 요청을 거절하리라 생각했다. 아무리

안면이 있다지만, 당일 예약은 그가 생각하기에도 무례했으니까. 하지만 과장은 얼마 되지도 않는 식사 시간을 그에게 내어 줬다.

유진은 그래서 더 울적했다. 비록 정신 의학과 과장이 배려심 넘치는 사람일지라도 그는 역시 형편없는 상담사다. 세상 어떤 정신 의학과 의사가, 그것도 과장 직함을 달 정도의 경력자가, 자기 환자가 죽으려고 한다는 것을 눈치채지 못한단 말인가.

역시 인성과 능력은 비례하지 않는 법이라고, 유진은 생각했다.

가뜩이나 우울한 그를 더욱 힘들게 만드는 일은 따로 있었다. 곧 만날 그의 마지막이자 두 번째 상담의는 인성과 능력이 모두 의심스러운 사람이다.

"세상에! 너무 오랜만에 오셨네요. 이렇게 뜨문뜨문 상담받으면 오히려 좋지 않아요. 뭐든지 꾸준한 게 최고랍니다?"

유진은 즉시 방문을 후회했다. 가는 날이 장날이라고 하필 오늘은 오후 진료도 없는 날이다. 도망칠 핑곗거리가 하나도 없는 현실이 원망스럽기만 했다.

벌써 기가 빨리는 느낌에 유진은 시선을 내려 명패만

뚫어져라 쳐다봤다.

정신 의학과 의사 지유나.

유진은 명패의 이름을 볼 때마다 생각했다. 언제 보아도 참 잘 어울리는 이름이라고. 발랄하다는 단어에 붙일 법한 이름이다. 그러나 유진이 유나를 꺼리는 이유는 발랄함 때문만은 아니다.

"제 경우엔 말이죠, 뭐 하나를 꾸준히 하다 보니 얻은 게 많아요. 가령 학위라든지 젊은 나이에 개업한 개인 병원이라든지 말이에요. 유진 씨도 인내를 가지고 오랫동안 하나를 해 보세요. 분명히 얻는 게 있을 거예요!"

이 분마다 한 번씩 튀어나오는 잘난 척이 그를 기피하는 가장 큰 이유다.

유진은 유나의 눈을 슬쩍 피하며 말했다.

"당일 예약, 받아 주셔서 감사합니다."

"아니, 뭘요~ 우리가 남도 아니고."

유진은 못마땅한 표정으로 입을 꾹 닫았다. 그에겐 일일이 따질 기운이 없었다.

"궁금한 게 있어서 왔습니다."

"궁금한 거요?"

"제가 나아질 거라 보시나요?"

"흠…"

쉴 새 없이 움직이던 유나의 입이 다물렸다. 마치 세상에서 제일 어려운 질문이라도 들은 모양새다.

유진은 오히려 안심했다. 언제나 자신만만한 의사가 장담하지 못할 정도의 상태라면 망설일 이유가 하나 없어진 셈이다. 그는 마음이 한결 홀가분해졌다.

"저는 저랑 관련된 일만 확신해요."

유나는 진지한 표정으로 운을 뗐다. 의자에서 슬쩍 엉덩이를 뗐던 유진은 다시 앉았다.

"환자, 그러니까 유진 씨의 치료 결과는 저도 모르겠어요. 왜냐면, 그건 제가 얼마나 상담을 잘하냐에 달린 게 아니거든요."

"…"

유진은 말없이 귀를 기울였다. 수십 번의 상담 중, 지금처럼 집중한 적은 없었다.

"관건은 환자가 얼마나 낫기를 원하느냐예요. 그러니까 유진 씨가 빠르게 일상을 되찾고 싶어 하고, 과거 자기 모습을 그리워하면 할수록 빨리 회복되는 거죠."

그는 고래고래 소리치고 싶었다. 자신만큼 일 년 전의 일상을 그리워하는 사람은 없노라고, 다시 그때로 돌아가길 원하는 사람은 또 없을 거라고. 하지만 그 일상은 이제는 결코 만날 수 없는 사람과 함께 누려야만 의미가 있는 것이었다.

유나의 분석에 따르면 유진은 가망이 없다. 짧게 고개를 끄덕인 그는 감사 인사와 함께 몸을 일으켰다. 방문을 고심했던 시간보다도 짧은 만남이었다.

당황스러운 표정의 유나는 엉거주춤 일어났다. 유진이 연락했을 때 유나는 뛸 듯이 기뻤다. 드디어 그가 강하게 마음먹었다고 생각했기 때문이다. 본격적으로 상담 치료를 받기로 결심한 그가 대견하기까지 했다.

그러나 지금 유진의 모습은 마치 터지기 직전의 시한폭탄 같았다. 몇 가지 지표로 불안정한 그의 상태를 읽은 유나는 노파심을 이기지 못하고 외쳤다.

"포기하는 건 좋은 생각이 아니에요! 삶의 의지를 찾는 과정도 치료의 일부고요. 함께 상담하다 보면 분명 좋은 결과가 있을 거예요."

문간에 선 유진은 묘한 표정으로 유나를 바라봤다. 유나는 업계의 오랜 선배일 정신 의학과 과장보다 눈치가 빨랐다. 그가 새삼 달리 보였다.

유진은 적당한 말로 유나를 안심시켰다.

"어제 직장 상사가 그러더라고요."

"네?"

"기존 업무를 그대로 맡겨도 되겠냐고요."

"아…! 그래서 오늘 상담을 온 거군요?"

"네. 전문가의 입장에서 봤을 때는 어떤가 해서요."

"음, 실례가 안 된다면, 혹시 상사분께 뭐라고 할 생각인지 물어봐도 될까요?"

유나는 반드시 답을 들어야겠다는 어조로 물었다. 그는 유진의 그럴듯한 말을 맹목적으로 믿지 않았다.

유진은 재차 감탄했지만, 티는 나지 않았다. 그는 대수롭지 않게 대답했다.

"복귀는 안 되겠다고 해야겠죠."

"그런가요?"

"이른 은퇴를 하고, 한적한 곳에서 전원생활을 즐기고 싶다고 말씀드리려고요."

"전원생활이요?"

유나는 은퇴보다 전원생활에 더 관심을 보였다. 유진은 그저 고개를 주억거렸다. 그가 당황했다는 유일한 증거는 벌렁대는 심장뿐이다.

"사실, 제가 언젠간 시골로 내려갈 생각이거든요!"

유나가 자기 자신을 화제로 삼자 유진은 안심했다. 그러나 이어지는 그의 말에 심장이 덜컥 내려앉았다.

"그러니까 나중에 알려주세요! 전원생활이 어떤지."

"…네?"

"다음에 만날 때는 선배님이겠네요! 전원생활 선배님, 꼭 장단점 다 알려 주셔야 해요? 꼭, 꼭이요."

"시간 되면요."

유나의 집요한 성화에 유진은 무난한 대답을 내놓았다. 유나는 그제야 그를 놓아주었다. 유진은 누가 붙잡을세라 재빨리 병원에 복귀했다.

깔끔하게 정리된 당직실은 드디어 본래의 용도를 되찾은 듯했다. 일과가 끝난 유진이 당직실로 돌아오지만 않았다면 말이다. 오늘도 유진은 자택의 침대가 아닌 당직실의 간이침대에 몸을 맡겼다. 그는 가물가물 감기는 눈에 저항하지 않으며 생각했다.

부디 내일은 다크서클이 없어졌으면 좋겠다고.

*

셋째 날, 유진은 모친을 찾아갔다.

소문이 어떻게 퍼졌는지 유진을 본 사람마다 푹 쉬고 오라는 덕담을 건넸다. 그는 모든 안부에 묵례로 대답했다.

병원 앞에서 택시를 잡고 목적지를 말한 유진은 멍하니 차창을 바라봤다. 익숙한 길, 익숙한 나무가 몇 번이나 반복됐다. 택시는 곧 목적지에 다다랐다.

택시비를 치른 유진이 발을 들인 곳은 크고 작은 나무가 가득한 수목장림•이다.

평일 아침이라 사람이 별로 없었다. 유진은 활짝 트인 길을 성큼성큼 걸었다. 그는 높지 않은 나무 앞에서 걸음을 멈췄다.

"안녕, 엄마."

쥐 죽은 듯이 고요한 주변 때문일까, 유진은 혼잣말한다는 거리낌도 없이 운을 뗐다.

"마지막으로 봐야 할 사람은, 엄마라고 생각했어. 엄마

• 수목장을 할 수 있도록 조성된 숲.

가 마지막으로 본 사람이 나이듯이 말이야. 우리는 단둘뿐인 가족이니까."

　신갈나무 잎이 바람에 스치는 소리가 시원했다. 유진은 그것이 혹시 더 이상 같은 언어로 소통하지 못하는 그의 모친이 새로이 만든 대화법인지 궁금했다. 그는 신은커녕 유령도 믿지 않는 사람이었지만, 현실성 없는 죽음을 목도한 뒤로는 모든 게 모호했다.

　"근데, 역시 대중적인 방법으로는 못하겠어."

　주어가 빠진 문장이 으레 그렇듯 유진의 말은 애매한 구석이 있었다. 누군가 그의 말을 들었던들 정확한 맥락은 파악하지 못했으리라.

　"엄마도 알다시피, 난 어렸을 때부터 엄살이 심했잖아. 그래서 그런지 결심했어도 아픈 건 싫더라."

　뒷말을 잇지 않았다면 해석은 끝까지 자유로웠을 터다.

　"그래서 모르핀으로 죽기로 했어. 죽는지도 모르고 죽을 수 있게, 편하게. 이럴 땐, 내가 의사인 게 참 다행이라니까."

　그는 아무렇지도 않게 말을 맺었다.

　"그리고 말이야… 역시, 죽을 자리는 병원이 좋겠지?"

유진의 사고는 아주 단순했다.

그의 모친은 한평생 그를 뒷바라지했으며, 유진은 그 기대에 부응해 외과 의사가 됐다. 두 모녀가 살아서 마지막 인사를 나눈 장소는 병원이다. 유진과 모친의 염원과 인생이 담긴 단 하나의 장소를 꼽으라면, 결국 병원밖에 없는 것이다. 마지막을 장식할 무대로는 그만한 것이 없다.

그 순간 유진은 일 년 동안 결코 느낀 적 없던 후련함과 기쁨을 동시에 느꼈다. 그의 입에는 어느새 환한 미소가 걸려 있었다. 누군들 지금의 자신만큼 기쁠 수는 없을 터였다.

막 수목장림을 빠져나오던 유진은 생각했다.

예정된 죽음이 현재를 살도록 하다니 참 아이러니가 따로 없다고.

2장

일이 술술 풀리는 이 느낌

*

 삼 일간의 유예가 끝났다.
 유진을 홀가분한 기분으로 외과 과장실 앞에 섰다. 과장실 안으로 들어가 대화를 나누는 동안에 유진의 정신은 딴 데 가 있었다.
 그가 근무하는 병원은 대형 병원이라 원내에 마약류 관리자를 겸하는 약사가 따로 있다. 따라서 아무리 유진이 접근 권한이 있는 의사라 하여도 그것을 들키지 않고 훔쳐낼 마땅한 방법이 없었다. 죽기로 결심한 마당에 뒷일 생각하는 것도 우스운 일이지만 일을 채 실행하기도 전에 절도범으로 잡히는 일은 없어야 했다.

"자네가 거기까지 생각했을 줄은 몰랐네. 정말 감탄했어."

"…네?"

도둑질을 궁리하느라 과장의 말을 한 귀로 듣고 한 귀로 흘리던 유진은 깜짝 놀라 반문했다. 그가 과장실에 들어와서 한 말이라고는 한적한 전원생활을 위해 하던 일을 정리하고 싶다는 것뿐이다.

유진은 멍하니 과장의 얼굴을 바라봤다.

"표정을 보아하니 이미 많이 고민한 모양이군? 참 대단해."

"네, 그렇죠."

유진은 떨떠름한 얼굴로 대답했다. 죽을 고민을 오래 했다며 칭찬을 받을 줄은 꿈에도 몰랐다.

이어지는 과장의 발언을 통해 그는 오해의 시발점이 무엇인지 알아차렸다.

"아무도 가려고 하지 않는 소멸 고위험 지역에 자원하다니… 난 정말 자네를 다시 봤어."

"…제가요?"

"전원 마을을 위해 우리 병원을 나가야 할 것 같다며? 요즘 젊은 의사들이 수도권에만 머무르려고 해서 골치인데 말이야. 자네가 이렇게 솔선수범할 줄은 꿈에도 몰랐네."

유진은 일순 가벼운 현기증을 느꼈다. 과장은 그의 말을 심각하게 곡해했다. 원형이라고는 전혀 남아있지 않은 탓에 어디서부터 오해를 풀어야 할지 감도 잡히지 않았다.

처음부터 이럴 작정이었나 하는 의심까지 들었다. 과장의 뒷말이 그의 의심에 쐐기를 박았다.

"마침 우리 병원에 의료 지원 요청이 들어와서 말이야. 뭐, 지원 요청 자체는 꽤 오래전부터 있었지만 통 가겠다는 의사가 없어서 문제였지. 그래도 나름 수도권이야. 인구가 워낙 적어서 시 전체로는 5만 명, 자네가 갈 면面은 천 명도 안 돼. 솔직히 요양자들을 제외하면, 감당해야 할 환자는 500명도 안 될 거야."

"…"

유진은 말을 잃었다. 몇 년 전 통계청에서 의사 1인당 환자 수가 18.7명이라고 발표했는데, 그 수치는 공공연히 의료계의 공분을 샀다. 의사 한 명이 담당하는 환자의 숫자가 너무 많다는 사유로. 그런데 과장은 태평스럽게 오백 명을 운운하고 있었다.

무언의 비난을 읽은 것일까, 과장은 헛기침을 뱉고는 변명조로 덧붙였다.

"크흠. 그래도 거기서 수술할 일은 없을 거야. 그 정도까지 심각한 환자는 바로 옆 도시에 있는 종합 병원에서 받아 주기로 얘기가 됐어. 응급차만 태울 수 있으면 만사 오케이라고."

응급차에 태우지 못할 정도의 부상은 어쩌란 말인가.

유진은 눈을 더욱 가늘게 뜨며 과장을 응시했다. 누가 봐도 명백한 비난의 눈빛이다.

"전 그저 그만두고 싶다는 말씀을,"

"하필 그 지역 유지의 딸이 말기 암에 걸리는 바람에…"

두 사람이 동시에 말을 꺼내는 바람에 서로가 문장을 다 듣지는 못했다. 그들은 각자 귀에 꽂힌 단어를 되물었다.

"응? 그만둔다고?"

"지금, 말기 암이라고 하셨나요?"

"아아, 그렇지. 거기 소문난 땅 부자의 딸이 말기 암 때문에 자택에서 요양 중이야. 서울의 웬만한 병원에서도 다 연명 치료밖에는 답이 없다는 통에… 이런 말 하기는 뭐하지만, 그 덕을 보긴 봤지. 그쪽에서 금전 지원을 해 주지 않았다면, 병원이 이렇게나 빨리 완공될 수는 없었을 테니 말이야. 폐교된 학교를 리모델링한 것뿐이라지만 그게 한두 푼 드는 일도 아니고. 돈을 그렇게 쏟아부었는데도 일 년이나 걸린 걸 보면, 돈 없이는 삼 년은 걸렸을걸?"

"그분이 지원해 준 건 딸의 연명 치료를 위해서겠네요. 그러니까, 댁에서 진통제를 놔줬으면 하는 거죠?"

"그렇지. 아직 젊은 사람을 호스피스나 요양 병원에 맡기고 싶지 않다고 하니, 결국 왕진을 원하는 거지. 시골에서는 왕진이 필수이니, 겸사겸사라고 생각하게."

유진은 하마터면 잘됐다고 말할 뻔했다. 일말의 이성 덕분에 간신히 말실수를 면했다. 의사가 돼서 아픈 환자 얘기에 반색할 뻔하다니. 다른 환자도 아니고 연명 치료 대상자라는 점에서 훨씬 질이 나쁘다.

그러나 유진은 환자의 불행이 아닌 자신의 행운이 기꺼웠다. 결국 상황만 놓고 보면 절도를 고민하느라 골머리 썩일 필요가 없어진 셈이다.

과장은 묘하게 얼굴이 밝아진 유진에게 물었다.

"그런데, 방금 그만둔다고 하지 않았던가?"

"전원 마을을 위해서, 병원을 그만둬야 할 것 같다고 말씀드렸습니다."

"아아! 그렇군. 이것, 참. 솔직히 나도 아깝기는 해. 원래 자네는 정형외과의 유망주였는데… 지금 이 선생이 하는 수술을 보면, 글쎄. 자네가 하던 명료하고 적확한 수술에 비하면 좀 뒤떨어지는 느낌이 있지. 아, 이 선생에게 이 말은 비밀일세."

"네."

"하여튼 그래서 좀 아쉬워. 자네가 얼른 훌훌 털고 일어나서 다시 수술장에 들어가길 바랐는데 말이야. 하지만, 전화위복이라는 말이 있지 않은가. 이왕 일이 이렇게 된 거, 상면 병원의 유일한 의사로서 새로운 경험을 해 보는 것도 나쁘지 않겠지. 혹시 모르지 않나. 수술에서 완전히 동떨어진 생활을 하다 보면, 또 그게 그리워 다시 메스를 잡게 될지."

"…"

유진은 과장의 희망 섞인 바람을 듣고 그저 침묵했다. 과장은 위로하듯 말을 건넸다.

"쯧쯧… 그런 표정 말게. 내려가서 할 일은 근 일 년 동안 병원에서 했던 일과 크게 다르지 않을 거야. 거기에 왕진 스케줄이 좀 추가된 정도지. 혹시 수술장으로 돌아가고 싶어지면, 바로 나한테 말해. 당장 복귀시킬 테니까. 그러니까 너무 걱정하지 말라고. 우리 병원은 언제나 자네를 환영할 테니, 돌아올 곳이 있다고 생각하고 일하면 돼."

"왜 이렇게 잘해 주시는지, 여쭤봐도 되나요."

"뭐…"

유진의 진지한 눈을 본 과장은 어떤 결심을 굳힌 듯했다. 그가 마음에 담아두기만 하던 진심이 막을 새도 없이 튀어나왔다.

"자네 어머니."

"…수술은, 잘됐잖아요."

"쯧… 그러면 뭐 하나. 그놈의 거부 반응 때문에 그렇게 가셨는데."

"그건…"

그 순간 유진은 깨달았다. 그는 과장을 원망하고 있었다. 빈말로라도 괜찮다고 말할 수 없을 정도로. 뒤늦게 몰아치는 감정에 몸 둘 바를 몰랐다.

유진의 상태를 전혀 눈치채지 못한 과장은 고해 성사를 계속했다.

"나는 나름 자신에 차 있었네. 이식 수술만 30년 차야. 내 경력도 그렇고, 또 자네 모친이 아닌가. 정말로 최선을 다할 수밖에 없는 상황이었고, 할 만큼 했다고 생각했지. 자만할 시간에 자네 어머니를 더 들여다봤어야 했는데… 모르겠네. 내가 너무 안일했던 것 같아. 그래서 자네에게 더 신경 쓸 수밖에 없더군."

유진은 욕설을 뱉지 않기 위해 이를 악물었다. 고마움과 원망이라는 양가감정이 그를 지독히도 괴롭혔다. 과장의 배려는 고마웠으나, 그 마음의 반만큼이라도 그의 모친에게 쏟았더라면 하는 생각을 떨칠 수가 없었다.

과장의 고백은 금세 끝이 났다.

"뭐, 자네가 큰 사고 없이 묵묵히 일해 준 덕분도 있지. 수술만 제외하면 모든 면에서 우수한 의사였으니 딱히 터치할 것도 없었고. 그래서 주는 기회이기도 하네. 아이고, 시간이 벌써 이렇게 됐나. 그러니까 보자… 자네를 염두에 두긴 했지만, 솔선하니 내가 참 고마워. 원래는 삼 일간 유급 휴가를 주면서 여기 생활을 정리하라고 할 생각이었지만…"

유진은 무표정한 얼굴로 과장의 말을 들었다. 속이 부글부글 끓어서 자리를 지키는 게 고역이었다.

"고마운 것도 있고 하니, 일주일을 주겠네. 잘 쉬면서 짐 정리도 하고 내려가게. 이미 병원은 완공되어 있으니까, 몸만 가면 돼. 아, 그리고. 아무리 작은 병원이라지만 그래도 간호사는 있어야지. 원하는 인재상이 있으면 3층 인사과에 들러서 꼭 좀 말해주고. 이력서 검토는 이쪽에서 해 주겠네."

"…예, 알겠습니다. 그럼, 가 보겠습니다."

"응, 그래. 아, 잠깐만."

과장은 잰걸음으로 과장실을 나서는 유진을 붙잡았다. 유진이 발걸음을 멈추고 돌아보자, 과장은 인자하게 웃으며 첨언했다.

"내려가기 전에 마약류 관리 수업 듣는 거 잊지 말고. 취급자 신청은 마찬가지로 인사과에서 도와줄 건데, 두 시간짜리 수업은 직접 들어야 해. 뭐, 생각해 보니 인사과에서 알아서 얘기하겠구먼. 거기부터 들르는 게 좋겠어."

"네."

"응, 그래. 그럼 조심히 내려가게. 굳이 또 인사하러 올 필요는 없어. 어차피 또 만날 거잖아, 우리."

과장은 눈을 찡긋하며 친근하게 말했다. 유진은 못 본

척 허리를 숙여 인사하고 재빨리 과장실을 벗어났다.

유진의 뒷모습을 본 과장은 생각했다. 화장실이 급했으면 말했으면 될 일이라고. 과장이 혀를 차는 소리가 복도에 울리고 나서 과장실의 문이 완전히 닫혔다.

*

"욱-!"

유진은 가장 가까운 화장실로 달려갔다. 아무 칸에나 들어간 그는 변기 커버를 열자마자 토하기 시작했다. 먹은 것이 없어 위액만 한바탕 게워 낸 후 그는 고개를 들고 숨을 가다듬었다.

세면대에 서서 손을 씻고 물을 얼굴에 연거푸 끼얹고 나서야 유진은 정신을 차렸다. 거울 속 자신의 퀭한 눈을 마주친 유진은 바로 고개를 돌렸다. 그는 물이 뚝뚝 떨어지는 손과 얼굴을 흰 가운의 소맷자락으로 훔치고 화장실을 나섰다.

몸은 정신적으로도 육체적으로도 비명을 지르고 있었지만, 그에게 아직은 움직일 만한 힘이 남아 있었다. 모든 걸 끝낼 수 있다는 만족감이 지금의 그를 움직이게 하는 원동력이다.

엘리베이터를 타고 3층에 내린 유진은 인사과를 방문했다.

"실례합니다."

"네, 선생님."

"상면 병원 안내를 들으러 왔습니다."

"아, 혹시, 남유진 선생님?"

"네."

직원은 유진을 안쪽으로 안내했다. 함박웃음을 입에 건 그는 자리에 앉자마자 설명을 시작했다. 현재 근무하고 있는 병원에서 마무리할 일, 상면 병원에서 해야 할 일 등. 유진은 질문 하나 없이 듣기만 했다.

열정적으로 말하던 직원은 유진을 특이한 사람이라고 생각했다. 도시, 그것도 서울 한복판의 대형 병원에서 일하다가 시골로 내려가게 됐는데도 별다른 호오를 드러내지 않았기 때문이다. 안내를 도맡은 입장에서는 유진의 미온적인 태도가 싫지 않았다. 코앞에서 짜증이나 화를 내는 사람을 상대하는 건 고역일 게 분명했으니까.

하지만 한편으로는, 유진의 묘하게 체념적인 태도가

왜인지 모르게 안쓰러웠다.

"자, 큰 골자는 설명이 끝났고요. 혹시 궁금한 점 있으세요?"

"간호사를 꼭 구해야 하는 거죠?"

"만약 선생님께서 왕진을 나가시면 병원은 완전히 비게 되니까요. CCTV나 보안 장치가 있기는 한데, 그래도 사람만큼 기민하게 대응할 수는 없잖아요. 또, 그래도 병원인데 간호사 한 분 정도는 있어야죠."

유진은 재차 질문했다.

"벽촌 보건소 같은 곳은 한 분만 근무하지 않나요?"

"아, 그건 그렇죠. 아무래도 시골은 의료진이 부족하니까. 하지만 상면 병원은 좀, 그것보다는 상위 병원이어서요. 마약성 의약품을 다루는 것도 그렇고, 선생님 혼자서 병원을 관리하시기는 어려울 거예요. 인건비 문제로 그러시는 거죠?"

"네, 뭐…"

유진은 말끝을 흐렸지만, 직원은 그것에 큰 의미를 두지 않았다. 그는 고개를 주억거리며 제 딴에는 고무적인 말을 건넸다.

"향후 1년간은 그 지역에서 지원하기로 했어요. 인건

비를 포함한 병원 유지비 같은 항목까지요."

유진은 확신했다. 직원이 말한 지원이라는 건 지자체 예산이 아닌 땅 부자의 쌈짓돈이 분명하다고. 1년이라는 기간은 아마도 그의 딸에게 남은 시간일 터다. 연명 치료는 환자가 언제까지 버틸 수 있는지가 관건이니, 상태에 따라 1년도 못 버틸 가능성도 있다.

유진은 씁쓸한 미소를 지었다. 혼자서 병원을 꾸리려던 계획을 접은 그는 직원에게 원하는 인재상을 말해 주었다.

"간호사는 이력이 많은 분이 좋겠습니다."

"근무 경력을 말씀하시는 거죠?"

"아뇨, 근무한 병원이 많은 분이요."

"…네?"

"한 달을 일했든, 삼 개월을 일했든 상관없습니다. 아니, 차라리 여러 병원을 전전했던 간호사를 구해 주세요."

"음…"

직원은 난처한 표정을 지었다. 유진의 요구가 워낙 상식 밖이었기 때문이다.

"왜 그런 조건의 간호사를 원하시는지 물어봐도 될까

요?"

"이직도 해 본 사람이 하는 거니까요."

"네?"

"다음 직장을 구하는 데 어려움을 느끼지 않았으면 해서요."

유진은 단순하게 생각했다. 그는 약을 받는 즉시 죽을 예정이다. 남겨진 간호사는 하루아침에 일자리를 잃는 것이다. 의사가 자살한 병원에서 일하겠다는 다른 의사를 곧바로 구할 수 있다면 모를까, 필시 간호사는 다른 병원을 알아봐야 하리라. 이직에 이골이 난 간호사가 아니라면 그런 환경에 적응할 수 있을 리가 없다.

그는 죽고 난 다음의 뒷일에는 아무런 관심이 없다. 하지만 그런 유진이라도 간호사를 아예 모른 척할 수는 없었다. 그의 죽음으로 말미암아 간호사가 고초를 겪을 가능성이 농후했다.

엄밀히 말하면 유진의 계획은 절도 그 이상도 이하도 아니다. 근무하는 병원에서 마약류 의약품의 도난 사건이 발생한다면, 게다가 그 약으로 누가 죽기까지 했다면 간호사의 평판은 어떻게 되겠는가. 의료계 종사자가 단 둘뿐인 병원에서라면야 공범으로 여겨질 가능성도 없지 않다.

직원은 애매하게 웃으며 유진의 말을 받았다.

"음, 아무리 금전 지원이 1년이라지만 설마 내년부터 간호사 한 명의 인건비도 못 줄 만큼 힘들진 않을 거예요. 너무 힘들면 여기서 지원받는 방법도 있고요. 너무 걱정하진 마세요, 선생님."

직원 나름대로의 이해를 곁들인 발언이었으나 진실에서는 꽤 빗겨나간 짐작이다. 유진은 대꾸 없이 침묵했다.

화제 전환의 필요성을 느낀 직원은 문득 떠오른 서두를 꺼냈다.

"아, 혹시 교육을 들어야 하는 건 아시나요?"

"마약류 관련 교육이라고 들었습니다."

"네, 맞아요! 마약류 취급 의료업자 의무 교육이고, 2시간가량 걸릴 거예요. 일단 허가 신청서에 서명해 주시면, 신청서는 저희 쪽에서 제출할게요. 승인을 받고 교육 이수하시면 돼요."

"네."

"관련 책자가 나가기는 할 건데, 교육 시 배부될 것 같아요. 혹시 미리 보고 싶으시면 과년도 책자는 여기에 있어요."

책자가 필요할 일은 없겠지만 유진은 순순히 직원이 내미는 것을 받았다. 무의식적으로 종이를 팔랑대며 넘겨 보던 유진은 문득 드는 의문을 입 밖에 냈다.

"마약류는 금고에 넣고 관리해야 한다고 알고 있는데, 별도로 구매해야 할까요?"

"아, 그건 그쪽에서 제공하기로 했어요. 근방의 철물점을 통해서 구입하기로요. 지역 내에서 구할 수 있는 건 거기서 구입하는 게 좋으니까요. 책자에도 나와 있듯이, 이중 금고이기만 하면 딱히 브랜드는 상관없거든요."

"그렇군요."

이로써 모든 의문이 해소된 유진은 자리에서 일어났다. 직원에게 더 이상 질문이 없다고 하자, 그는 유진을 따라 일어섰다.

헤어지기 전 직원은 명함 한 장을 내밀었다.

"이거, 혹시 궁금한 점이나 도움이 필요한 일이 생기면 언제라도 이 번호로 연락하세요."

"네."

"외과 과장님께서도 당부하셨지만, 저희도 상면 병원이 단순 사회사업 그 이상이라고 생각해요. 대형 병원의 분원도 아니고 오로지 지역의 의료 공백을 없애려고 하는 사업이니까요."

직원과 눈이 마주친 유진은 슬쩍 시선을 피했다. 양심이 쿡쿡 쑤셨다. 한편으로는 그에게 상면 병원을 떠넘긴 과장이 원망스러웠다. 땅 부자의 사익이 섞였다는 것이 지금의 유진에게는 유일한 위안이다.

"그러니까 저희 쪽에서도 몇 년이고 최선을 다할 거예요. 고민이 생기면 언제라도 함께 나눠 주세요."

직원의 의욕에 찬 얼굴이 부담스러웠다. 빨리 그에게서 멀어져야겠다는 생각에 유진은 대뜸 허리를 숙여 인사했다. 직원은 질세라 맞절했.

울적한 표정으로 병원 복도를 걷던 유진은 어느 순간 걸음을 멈췄다. 과장과의 면담을 끝으로 모든 일정이 끝났다. 바꿔 말하자면, 이제는 유진이 병원에 머무를 이유가 없다는 뜻이다. 목적지를 잃은 두 발은 오도 가도 못했다.

고개를 푹 숙인 유진은 물끄러미 원내용 실내화를 내려다봤다. 고무 재질의 둥근 코가 풍선처럼 부풀어 올라 유진을 삼켜 버릴 것만 같았다. 더 이상 걷지 않는다면, 당장 뭐라도 하지 않는다면 분명 그렇게 먹혀 버릴 것만 같아 두려웠다.

"아, 남 선생."

그때 뒤에서 중후한 목소리가 그를 불렀다. 작게 안도의 한숨을 쉰 유진은 재빨리 몸을 돌렸다. 먼젓번에 과장의 호출을 전달해 주었던 김 선생이 상냥한 웃음을 입에 걸고 서 있었다.

"…안녕하세요."

유진이 한 박자 늦게 인사를 건넸다. 마주 인사를 한 김 선생은 수더분하게 말을 붙였다.

"나 방금 과장실에서 나오는 길이야."

"아…"

"상면 병원, 전출 신청했다며?"

유진은 잠자코 고개를 끄덕였다. 작게 탄성을 뱉은 김 선생은 따뜻한 목소리로 말을 이었다.

"남 선생, 참 대단해."

"네?"

"젊은 의사일수록 수도에 머물고 싶어 하는 거 누가 모르나. 물론 그건 우리도 마찬가지라지만… 그래도 우리 나이쯤 되면 전원생활에 대한 로망이 있는 사람도 있으니까. 그래서 이번에도 나이깨나 먹은 선생이 자의 반, 타의 반으로 떠나게 될 줄 알았지."

"…"

"아이고, 그런데 어째, 우리 남 선생님이. 수도권이라니 아예 오지보다야 낫겠지만, 그래도… 참 나, 나는 솔직한 마음으로 우리 지훈이가 갔으면 했거든."

"김지훈 선생이요?"

"응. 병원에서 부자 관계를 티 낼 생각은 없지만, 자네는 이미 아니까. 맞지?"

"네."

유진은 기억을 더듬어 초등학생 때의 일을 떠올렸다. 지훈이 생일 파티에 유진을 초대한 적이 있었다. 함박웃음을 짓는 그의 옆자리엔 분명 김 선생님이 앉아 있었다.

병원에 첫 출근을 해서 김 선생, 즉 지훈의 아버지를 보고 좀 놀라기는 했지만, 유진은 그들의 관계를 누구에게도 얘기한 적이 없다.

김 선생은 입 무거운 유진이 아주 마음에 들었다. 부자 관계에 대한 소문이 퍼졌더라면 무슨 일이 벌어졌을지 상상만 해도 아찔했다. 사소한 일도 특혜로 보일 게 뻔했고, 지훈은 그런 상황을 견디지 못했으리라. 아들이 무사히 레지던트 과정을 끝낸 데는 입 무거운 친구의 공로도 있는 것이다.

김 선생은 흐뭇이 웃으며 말을 이었다.

"내 아들이지만 아직 철이 덜 들었어. 난 의사였어도 현역으로 입대해서 군 생활을 했는데 말이야. 아들놈은 공보의*를 해서 그런가. 아직 어린애야. 그래서 상면 병원에서 일하면서 철 좀 들었으면 했는데… 더 이상 철들 필요도 없는 자네가 가게 될 줄이야. 참… 내가 이런 말 하긴 그렇지만, 대견해."

"…네."

유진은 무슨 말을 해야 할지 몰랐다. 김 선생의 착각을 바로잡아야 한다는 생각이 얼핏 들기는 했으나, 어디서부터 말해야 할지 감도 안 잡혔다. 세상 어느 철든 사람이 스스로 목숨을 끊으려고 한단 말인가. 그게 그저 도피에 지나지 않는다는 걸 알면서도 그만둘 생각이 없다는 점에서 이미 철든 어른 실격이다. 유진은 자조적으로 생각했다.

"아이고, 내가 바쁜 사람을 너무 붙잡아 뒀네. 들어 보니까 과장님이 고작 일주일을 줬다던데… 어떻게, 그 짧은 동안 여기 생활을 정리할 수 있겠어? 살 집을 구하는

* 공중 보건 의사. 병역 의무를 대신하여 병역 기간만큼 공중 보건 업무를 하는 의사.

수고는 덜었다지만, 살던 집 정리하는 것도 한세월 걸릴 텐데? 뭣하면, 좀 도와줄까?"

"괜찮습니다. 혼자서도 충분해요."

유진은 인사과 직원의 설명을 상기하며 대답했다. 학교를 리모델링하면서 일부를 숙소로 만들었다고 했던가. 김 선생의 말대로 문제는 살던 집이다.

유진은 몇 개월간 귀가조차 하지 않은 집을 떠올렸다. 그동안 사용한 당직실을 정리하는 데 꼬박 하루가 걸렸다. 몇 년간 살았던 집을 정리하려면 그보다 훨씬 오랜 시간이 걸릴 것이 자명했다. 게다가 그 집은 두 명이 살았던 곳이니까.

멍하니 사색에 잠긴 유진을 확인한 김 선생은 마지막 인사를 건넸다.

"그래, 뭐. 자네가 알아서 잘하겠지. 원래 걱정할 거 없는 사람이니까. 그래도 혹시 도움이 필요하면 언제든지 연락해. 나든 지훈이든 시간은 많으니까, 망설이지 말고."

"감사합니다."

"응, 수고하고."

유진은 사람 좋은 웃음을 남기고 떠나는 김 선생의 뒷

모습을 물끄러미 바라봤다. 그의 등이 점이 되어 사라질 정도가 됐을 때 유진은 시선을 돌렸다.

김 선생은 이미 유진을 도왔다. 오갈 데 없던 그에게 드디어 목적지가 생겼다.

유진은 더 이상 괴물처럼 보이지 않는 신발을 흘긋 보고 당직실을 향해 걷기 시작했다. 가장 먼저 할 일은, 생김새도 까마득한 집 열쇠를 찾는 것이다.

*

예상했던 것과 조금도 다르지 않은 집안 상태를 확인한 유진은 작게 한숨을 쉬었다.

열쇠는 싱겁게도 가방을 뒤지기 시작한 지 오 분도 되지 않아 발견됐다. 그때까지만 하더라도 유진은 모든 일이 착착 풀리고 있다고 생각했다. 그 생각은 딱 현관문을 열기 전까지만 유효했다.

가구에 내려앉은 두꺼운 먼지를 뚫어져라 쳐다보던 유진은 곧 아주 명료하고 쉬운 계획을 세웠다.

기본 옵션 외의 모든 것을 버린다.

그렇게 마음먹자, 일이 간단해졌다. 유진은 버릴 것과 남길 것이라는 두 가지 기준을 가지고 정리를 시작했다.

가장 먼저 한 일은 청소였다. 집 정리가 하루 만에 끝날 리는 만무하므로, 잠잘 공간이 필요했다. 방 두 칸짜리 월세방에 쌓인 먼지를 제거하는 데만 두 통 반의 물티슈가 사용됐다. 청소기로 먼지를 한 번 빨아내지 않았다면 적어도 다섯 통은 필요했으리라.

먼지 제거가 끝났을 무렵, 해는 이미 떨어져 사방이 깜깜했다.

유진은 욕실에서 간단히 몸을 씻고 매트리스에 누웠다. 감았던 눈은 얼마 지나지 않아 번쩍 뜨였다. 도무지 잠들 수가 없었다.

매트리스는 장시간 서서 일하는 유진을 위해 모친이 마련한 것이다. 거북목 교정에 좋다는 베개 역시 그 손길이 닿아 있었다. 유진은 미끄러지듯이 매트리스에서 내려와 바닥에 주저앉았다.

당신의 손길이 닿지 않은 곳이 없기에 집에 돌아올 수 없었다.

유진은 하던 일이나 계속해야겠다고 생각했다. 노트북을 켠 그는 가구를 버리는 법을 검색했다. 동사무소의 홈

페이지에 접속해 수거 여부를 확인하고, 사설 수거업체의 웹사이트에서 방문 예약을 걸었다.

그다음으로 쓰레기 분류법을 조사했다. 종량제 봉투, 폐기물 스티커, 건축 폐기물 마대… 유진은 모든 정보를 게걸스럽게 주워 삼켰다.

해는 여전히 떠오를 기미가 보이지 않는다. 그는 어두컴컴한 창밖을 원망스럽게 노려보았다.

유진은 노트북을 멀리 치우고 종이 쓰레기를 모으기 시작했다. 소음이 거의 없어 밤에 하기 나쁘지 않은 일이다. 손때가 타고 너덜거리기까지 하는 전공 서적, 독서를 위해 구매한 단행본들, 초등학생 때부터 받아 온 상장들, 성적표… 누군가는 평생토록 간직할 만한 것들을 다루는 그의 손길은 가차 없었다.

상태가 좋은 전공 서적과 단행본을 중고로 되판다든지, 성적표나 건강검진 결과지에 적힌 개인 정보를 파기해야 한다든지 하는 생각 따위는 없었다. 그에겐 눈앞의 쓰레기들을 얼른 치워 버려야 한다는 일념뿐이었다.

마침내 방에 있던 모든 지류를 한데 묶고 나서야 유진은 비정한 손을 멈췄다. 흐리멍덩한 눈으로 창밖을 확인한 그는 짜증스럽게 몸을 일으켰다. 해는 아직도 감감무

소식이었다. 다행히도 종이가 있는 곳은 비단 그의 방만이 아니다.

유진이 조심스럽고 느릿하게 걸음을 옮겼다. 문고리에 손을 올린 그는 여러 번 손을 뗐다 붙였다 하며 망설이다가 마침내 문을 열었다. 청소할 때조차 차마 열지 못했던 문이기에 퀴퀴한 먼지 냄새가 그의 코를 찔렀다. 차라리 그뿐이면 나았을 텐데. 먼지 냄새를 뚫고 흘러나오는 희미한 모친의 냄새에, 유진은 스르르 무너졌다. 엉금엉금 기어서 먼지 가득한 매트리스에 얼굴을 묻은 그는 조용히 흐느끼다가 곧 쓰러지듯 잠에 빠졌다.

사붓이 일어난 먼지가 방 안을 떠돌다 끝내 유진의 얼굴에 내려앉는다.

*

"선생! 의사 선생! 안에 있어?"

현관을 쾅쾅 두드리는 소리에 유진은 소스라치게 놀라며 잠에서 깼다. 새벽이나 돼서야 잠이든 그에게는 지나치게 이른 시간이다. 몸을 벌떡 일으킨 그는 소음의 근원

지를 향해 걸음을 옮겼다.

유진은 목소리의 주인이 누군지 이미 알고 있었다.

"아이고, 잠을 못 잤나 봐? 내가 너무 빨리 왔나?"

"아닙니다."

"그러면 다행이고. 그래, 방을 뺀다고?"

"네."

"문자를 보긴 했는데 설명이 통 없어서 말이야. 왜인지는 말 안 해 줄 건가?"

유진은 순간 말문이 막혔다. 작은 눈, 왜소한 몸집의 집주인 아주머니는 중년 여성으로, 묘하게 날카로운 구석이 있는 사람이다.

과거에 유진이 모친과 함께 오랫동안 집을 비워야 한다고 말했을 때, 그는 치료를 잘 받고 오라는 덕담을 건넸다. 암 얘기는 한 적도 없는데.

유진은 이 눈치 좋은 여성이 뭐라도 알아챘을까 봐 심장이 내려앉았다.

"시골 병원으로 전출 가기로 해서요~"

창백한 얼굴로 입을 꾹 다문 유진 대신에 초대한 적도 없는 지훈이 대답했다. 유진은 깜짝 놀라 목소리가 난 방향을 바라봤다.

"응? 총각은 또 누군가?"

집주인은 눈을 빛내며 물었다. 사람 좋은 미소를 지은 지훈이 넉살 좋게 자기소개했다.

"저로 말할 것 같으면, 저기 꿀 먹은 벙어리의 초등학교 동창이자 동료 의사입니다. 수상한 사람은 아니니까 걱정하지 마세요."

"그건 겪어 봐야 아는 거고."

"하하. 그건 그렇죠."

"그래서, 자네는 여기에 왜 왔나?"

"아무래도 가구라든지 무거운 걸 옮길 일이 있을 테니, 도와주러 왔습니다."

"흠… 저 말이 맞어?"

지훈을 알 수 없는 눈초리로 바라보던 집주인은 유진을 향해 물었다.

"…네. 맞아요."

드디어 정신을 차린 유진이 수긍했다. 집주인은 한결 안심한 기색으로 말을 붙였다.

"그렇구먼. 참… 그런 이유가 있다니 더 추궁하지는 않겠는데, 뭐 도와줄 일이 있으면 꼭 나한테 말하고."

"네."

"쓰레기가 많이 나올 것 같아?"

"…네."

"이 사람이 덩치가 좋으니, 자네가 힘쓸 일은 없겠네. 그래도 혹시 일손이 필요하거들랑 아래로 내려와. 우리 아저씨, 집에서 놀기만 하는 사람이니 손이라도 보태게 할 테니."

"감사합니다."

"응, 그래. 집 잘 정리하고. 애 먹이는 물건이 있으면 그냥 두고 가게. 나중에 아저씨 시켜서 버리게 하면 되니까, 걱정하지 말고."

유진은 말없이 허리를 숙여 인사했다. 고개를 끄덕인 집주인은 그를 뒤로하고 걸음을 옮겼다.

다부진 걸음걸이를 멍하니 보던 유진은 불청객을 향해 물었다.

"왜 오셨습니까, 김 선생님."

"아니, 병원도 아닌데 무슨 존칭이야. 오늘은 동료 의사가 아니라 친구로서 온 거라고."

"그래. 그래서, 왜 왔는데."

"무뚝뚝하긴. 아버지가 너 도우라고 성화여서. 심지어 엄마도 날 내쫓더라니까?"

"괜찮으니까, 가."

"에헤이~ 이대로 그냥 갔다간 내가 죽어요. 뭐라도 했다고 말하게 좀 도와줘라. 어차피 너도 가구 같은 건 좀 버릴 거 아냐."

"내가 알아서 해."

"일단 이것부터 내놓을게."

유진의 거부에도 아랑곳하지 않은 지훈은 그가 밤새 묶어 놓은 종이 쓰레기를 들고 말릴 새도 없이 계단을 내려갔다.

지훈의 뒷모습을 보던 유진은 고개를 젓고 반대 방향으로 걷기 시작했다. 엘리베이터 옆의 창고에 도착한 그는 반으로 접힌 손수레를 꺼내 들었다. 어깨에 수레를 인 유진은 현관으로 돌아와 수레를 펼쳤다. 그 위에 종이 뭉치를 요령 좋게 쌓아 올리던 그는 복도에 울려 퍼지는 괴성에 귀를 틀어막았다.

"으악! 뭐야, 뭐야! 손수레가 있었어? 무거운 책 들고 내려가느라 죽는 줄 알았는데!"

"그러게 왜 시키지도 않은 짓을 해."

"시킬 생각은 있었고?"

유진은 어깨를 으쓱했다. 입술을 삐죽인 지훈은 유진

을 도와 종이 뭉치를 수레로 옮겼다.

"이야, 편하네."

수레를 밀며 엘리베이터에 올라탄 지훈이 나직이 감탄했다.

"야, 이거 창고에 있던 거지?"

한때 같은 아파트 주민이었던 지훈은 어렵지 않게 수레의 출처를 알아냈다.

"응."

"아이고, 이걸 까먹고 있었네. 역시 몸이 멀어지면 마음도 멀어지는, 야, 같이 가!"

유진은 지훈의 잡담을 익숙하게 흘려 버리고 할 일에 집중했다. 힘 잘 쓰는 일꾼이 생겼으니, 시간을 허투루 낭비할 수는 없었다. 지금부터 지훈은 말 한마디 하지 않는 지옥의 노동 코스를 밟게 될 예정이다.

"가구를 다 버린다고? 아니 그래도 몇 개는 좀 창고 같은 데 보관하는 게 낫지 않아? 어차피 다시 돌아올 거고, 그러면 가구도 필요할,"

"자."

"윽! 알겠어, 알겠다고."

유진이 던진 목장갑을 손에 낀 지훈은 쉬지 않고 입을

놀리며 책장과 책상을 밖으로 날랐다. 유진이 스티커와 마대를 사서 돌아올 때까지 그는 계속해서 가구를 옮겼다.

유진은 삼 층으로 올라가기 전에 이미 내놓은 가구에 스티커를 붙였다. 집으로 돌아온 그는 가구 나르기에 합류했다. 성인 두 명이 힘을 합치니 집은 금방 휑해졌다.

처음에는 혼잣말로라도 투덜거리던 지훈은 점차 말이 없어지더니, 거실 소파를 내놓는 시점에 이르러선 말문을 닫아 버렸다. 그가 다시 입을 연 것은 유진의 방과 거실의 모든 가구를 내놓은 후다.

거실 바닥에 대자로 뻗은 지훈은 투정을 쏟아 냈다.

"조선 시대 양반도 밥은 먹이면서 노비를 부렸다고. 근데 난 뭐야? 여기 도착한 후로 일 분도 쉬지 않고 일했는데 물 한 모금 못 마셨어. 나, 진짜 노동청에 고발할 거야!"

지훈의 속사포 같은 말을 들은 유진은 냉장고를 확인했다. 냉장고는 기본 옵션인 덕분에 아직 제자리를 지키고 있었다.

"아…"

유진은 침음하고 냉장고 문을 닫았다. 냉장고 안에는

흔한 반찬통조차 보이지 않았다. 모친의 장기 입원으로 오래전에 정리가 끝났기 때문이다.

고민하던 유진은 지훈에게 제안했다.

"중국 음식 시키면, 먹을래?"

"당연하지! 난 불짬뽕에 크림새우! 아, 그리고 탕수육도!"

지훈은 기다렸다는 듯이 음식의 이름을 줄줄 읊었다. 유진은 지훈이 말한 음식과 자신이 먹을 짜장면 한 그릇을 주문했다. 금세 기분이 풀린 지훈은 싱글벙글 웃으며 말을 붙였다.

"가구는 이제 다 버린 거지? 뭐 더 내놓을 건 없고?"

유진의 시선이 모친의 방에 머문다. 그 안에 아직 침대 프레임과 매트리스, 그리고 장롱이 남아 있었다. 그는 모른 척 고개를 돌리며 확답했다.

"가구는 이제 끝이야."

"가전은? 저거 스티커로는 안 되는 품목도 있지 않냐?"

유진은 놀란 표정으로 지훈을 바라봤다.

"뭐야, 왜 날 그렇게 봐?"

"그냥. 가전은 대부분 수거업체에서 가져가기로 했어. 오늘 오후에 올 거야."

"그래? 흠… 그럼 그것까지만 보고 갈게."

"아냐. 밥만 먹고 가. 언제까지 기다리게."

"중국 음식으로 오늘 치 일당을 퉁칠 생각이냐? 저녁까지 얻어먹고 가려고 그런다, 왜."

뻔뻔하지만 단호하게 대답하는 지훈에, 유진은 반박할 의지를 꺾었다.

할 일이 없어진 지훈은 유진의 행동을 관찰했다. 유진이 마대에 접시와 수저 등을 쓸어 담기 시작하자 지훈은 깜짝 놀라 참견했다. 몸만은 거실 바닥에 딱 붙인 채다.

"그거, 뭐 하려고 거기 담는 거야?"

"버리게."

"아깝잖아! 아무리 거기가 학교였다지만 설마 수저나 젓가락이 남아 있다고 생각하냐? 버릴 때 버리더라도, 너 거기 가서 쓸 건 남겨 놔야지!"

"…"

"지금 수저 한 세트만 뺀 거야? 나 진짜 놀러 갈 거야. 그때 난 손으로 밥 먹냐?"

유진은 말없이 수저 한 세트를 더 뺐다. 딱히 반박할 거리가 떠오르지 않았다. 하필 땀범벅이 된 그의 티셔츠가 눈에 띈 탓도 있었다.

마대에 무언가를 담을 때마다 잔소리하는 지훈 때문에, 유진은 결국 자루를 내려놨다.

투명 비닐봉지를 꺼낸 유진이 반찬통과 각종 플라스틱 집기류를 안에 넣기 시작하자, 지훈은 어김없이 잔소리했다.

"너… 거기서 아무것도 안 해 먹을 거냐? 설마 시골 인심에 기대서 살 셈? 아서라. 아무리 그래도 거긴 수도권이야. 반찬을 가져다주는 인심을 기대하면 안 된다고. 결국 네가 해 먹어야 한다는 건데, 그렇게 다 버리면 반찬은 어디에 담게?"

유진은 보여 주기식으로 반찬 통 몇 개를 꺼냈다. 그사이 벌떡 일어난 지훈은 다용도실에서 빈 리빙 박스를 가져왔다.

다용도실을 잊고 있던 유진은 짜증스럽게 눈썹을 꿈틀거렸다. 정리해야 할 장소가 하나 늘었다. 그러나 그게 뭐든 지훈의 다음 행동보다 경악스럽진 않으리라. 그는 유진 대신 이삿짐을 싸기 시작했다.

"생각해 보니까, 너는 집을 떠나본 적이 없는 불쌍한 중생이잖냐. 공보의며 워홀로 짐 싸기라면 이골이 난 내가 뭘 싸야 하는지 알려 주지. 나밖에 없지?"

유진은 그를 말릴 만한 구실이 없다는 걸 깨닫고 좌절했다. 지훈의 주장에 틀린 말은 없었으니까.

반쯤 넋을 놓은 유진은 멍하니 지훈의 말을 들었다.

"너는 지금 떠나는 것에 급급해서 중요한 걸 놓치고 있어. 아무리 요즘이 일회용품 천국이라지만, 거기 일주일 머물 것도 아니고 최소 일 년은 있어야 해. 그 긴 시간 동안 일회용품만 쓸 수는 없는 거라고. 자, 봐. 아무리 그래도 프라이팬이랑 냄비 하나씩은 있어야 하고, 수저는 당연하고, 국자나 집게도 필요해. 그리고 반찬 통은,"

"계세요-!"

끝없이 이어지는 지훈의 잔소리에서 유진을 구해 준 사람은 중국 음식 배달원이다. 얼굴이 밝아진 유진은 벌떡 일어나 문을 열었다. 배달원이 현관 바닥에 음식을 내려놓자, 유진은 카드를 건넸다. 결제는 순식간에 끝났다.

굶주림에 시달리던 지훈은 잔소리도 잊고 부랴부랴 바닥에 비닐을 깔았다. 그 위에 음식을 늘어놓는 손길이 다급했다.

허기를 달래는 동안에 둘 사이에 오간 대화는 없었다.

지훈은 마지막 남은 탕수육 한 조각을 입에 넣으며 식사를 끝냈다. 두 사람은 순식간에 그릇을 포개고 갈무리

해 밖에 내놓았는데, 미리 약속이라도 한 듯이 손발이 착착 맞았다.

포만감으로 벽에 등을 대고 늘어져 있던 지훈은 맞은편의 유진에게 말을 걸었다.

"너, 설마 가서 안 돌아올 셈이냐?"

"…그렇게 보여?"

"아니, 뭐… 가구들 망설임 없이 버리는 것도 그렇고. 아예 떠나 버릴 사람처럼 구니까."

"그런가…"

"네가 거기에 정착해서 전원생활 즐기겠다면야 내가 말릴 수는 없겠지만, 좀 참아주라."

"왜?"

지훈은 진지한 눈으로 대답했다.

"나도 따라가야 할지 모르니까."

"네가 왜?"

유진이 황당한 얼굴로 반문하자, 지훈이 머리 뒤로 손깍지를 끼며 말했다.

"그러길래 학교 다닐 때 좀 양보했어야지, 전교 일 등."

"그 말이 갑자기 왜 나오는데?"

"야, 내가 학원을 5개나 다니면서도 집에서 공부하는

널 못 이겼는데, 우리 부모님이 가만히 있었겠냐고. 맨날 널 보면서 좀 배우라고 하고, 뭐든 따라 하라고 하고… 이번에 너 상면 병원 내려간다고 해서 우리 영감이 얼마나 성화였는데. 어후, 그 잔소리…"

지훈은 정말 싫다는 듯 몸을 부르르 떨었다. 유진은 몇 분 전에 듣던 지훈의 잔소리를 떠올리며 생각했다. 부전자전이라는 말이, 영 틀린 말은 아닌 것 같다고.

유진의 생각은 꿈에도 모르는 지훈은 자기 말을 하기 바빴다.

"하여튼, 그래서 그래. 네가 계속 거기에 있으면, 우리 부모님 등쌀에 나도 널 따라 내려가야 할 것 같다고! 그러니까, 웬만하면 꼭 다시 돌아와."

"…글쎄."

"진심으로 마음을 굳힌 거야?"

이번엔 유진도 망설임 없이 대답했다. 함의는 다를지언정 유진이 마음을 굳힌 것은 사실이다.

"응."

"쳇… 그럼 어쩔 수 없지. 어휴, 거기에 대체 무슨 사는 재미가 있을지는 모르겠다. 너 먼저 가서 나중에 나한테 좀 알려 줘라."

유진은 작게 고개를 끄덕였다. 가슴이 따끔거렸다.

만족스러운 미소를 지은 지훈이 무언가를 말하려던 찰나, 또 한 번 현관에서 큰 소리가 났다.

"계십니까-?"

방문객은 가전 수거업체였다.

지훈은 불만스럽게 입을 다물었다. 그는 막 굳게 닫혀 있는 방을 물어볼 참이었다.

두 명의 수거업자가 집 안에 들어서기 무섭게 지훈은 유진의 옆에 서서 존재감을 뽐냈다. 혼자 사는 집에 낯선 이가 방문한다는 소리를 듣지만 않았어도, 괜한 고집을 부릴 일은 없었다. 유진의 경계심 없는 태도에 지훈은 입을 삐죽거렸다.

수거업자가 돌아가자, 유진은 칼같이 지훈을 쫓아냈다. 단호한 태도에 변변찮은 저항 한 번 못 한 지훈은 그렇게 쓸쓸히 귀가했다.

평소와 같은 고요를 쟁취한 유진은 텅 빈 거실에 드러누웠다. 잡동사니는 대부분 75L짜리 대형 쓰레기봉투에 버려졌기 때문에 거실은 그야말로 허허벌판이었다.

누운 채로 계획을 점검하던 유진은 벌떡 일어나 부엌으로 향했다. 지훈이 싸다 만 리빙 박스를 물끄러미 보던 그는 내용물을 꺼내기 시작했다. 수저 세트와 냄비는 마대로, 플라스틱 반찬 통은 투명 비닐봉지로. 비좁은 주방이 쓰레기로 가득 찼다. 지훈에겐 미안하지만 어쩔 수 없는 일이었다.

누구나 죽을 땐, 빈손으로 떠나는 법이니까.

*

며칠을 할애해 집안의 물건이란 물건은 모조리 내다 버린 유진이지만, 그에게도 차마 손대지 못하는 성역이 있었다.

유진은 모친의 방문 앞을 불안하게 서성거렸다. 공허한 집에 그의 발소리가 울려 퍼졌다. 망설임은 방문을 열기 전까지만 유효했다.

눈을 질끈 감고 문고리를 돌린 유진은 방에 입성하고부터는 망설임 없이 정리에 착수했다. 헌 옷 수거함에 넣을 옷을 한데 모아 놓고, 나머지 잡동사니는 기준에 맞게 분류했다. 플라스틱, 도자기, 종이… 쓰레기 분류가 끝나자 남은 것은 가구뿐이었다.

유진은 일단 쓰레기를 밖에 내놨다. 실내로 돌아온 그는 망치를 들었다. 혼자서 크고 무거운 가구를 내놓기 위해선 해체 작업을 해야 했다.

하지만 망치가 가구에 닿는 일은 끝내 일어나지 않는다.

유진은 시간이 너무 늦었다며 망설임을 합리화했다. 그러나 다음 날 아침이 되어서도, 정오 무렵에도, 심지어 꼬박 한나절이 지나서도 망치가 가구에 닿는 일은 없었다.

모친의 옷을 헌 옷 수거함에 넣을 때도 이렇게 망설이지 않았는데. 이제는 모양밖에 남지 않은 가구가 대체 뭐라고.

다음 날 아침에도 변함없는 상태에, 유진은 망치를 마지막 마대에 던져 버렸다. 그 마대를 쓰레기 배출장 한구석에 내려놓는 것으로 방 두 칸짜리 집의 정리가 끝났다. 채 내놓지 못한 가구를 빼면 말이다.

아파트 로비에 서서 엘리베이터를 기다리던 유진은 문득 마음을 바꿔 걸음을 돌렸다.

일주일의 휴가는 아직 끝나지 않았다. 그에겐 이틀이라는 여유 시간이 있지만, 문제는 시간이 아니었다. 아무런 폐도 끼치지 않고 조용히 사라지고 싶었건만 아무래도 그건 무리였나 보다.

문 앞에 선 유진은 초인종을 누르고 기다렸다. 안쪽에서 발걸음 소리가 들리더니 곧 문이 열렸다. 유진은 집주인을 향해 인사했다.

"안녕하세요."

"응, 그래. 잘 지냈고? 정리는? 그때 그 덩치 큰 아저씨가 잘 도와줬나?"

"네. 덕분에 웬만한 건 다 내놨어요."

"그래. 딱 봐도 힘 좀 쓰게 생겼더구먼. 좀 어수룩해 보이는 게 탈이지마는… 그래, 작별 인사를 하러 왔나?"

"그것도 있고, 부탁드리고 싶은 것도 있어서요."

"참 예의 바른 젊은이야. 부탁이 뭔데?"

"…가구를, 내놓을 수가 없어서요."

"하이고. 그 고생을 하고도 아직 가구가 남았어? 뭔데?"

"엄마 가구요."

"…"

말문이 막힌 집주인은 얼마간 조용히 유진을 응시했다.

"죽은 사람 물건을 정리하는 건, 당연히 산 사람 몫일 수밖에 없지. 그게 참 얄궂어, 그렇지?"

이번에는 유진의 말문이 막혔다. 고개를 푹 숙인 그를 보던 집주인은 별것도 아니라는 듯이 말했다.

"가구 몇 개 내놓는 것쯤이야 어렵지 않지. 우리 아저씨한테 바로 하라고 할 테니, 그 건은 안심해. 하지만 좀 걱정은 되네."

"네?"

"죽은 사람 물건을 정리할 수 있을 때, 비로소 그 사람을 놓아줄 수 있는 거거든. 왜 화장터에서 죽은 사람 물건 한두 개를 같이 태우는 줄 아나?"

"모릅니다."

"차마 정리하지 못하는 걸 태워 없애서, 쉬이 정리할 수 있는 물건만 남기는 걸세. 확실히 유품 정리는 그렇게 호락호락한 일은 아니야. 그런데 해야만 해. 그래야 산 사람도 훌훌 털고 일어나서 살 수 있는 거야. 내 걱정되는 건… 선생, 정말 괜찮은 것 맞나? 어머니를 잘 보내준 것, 맞아?"

"…모르겠어요."

어머니가 더 이상 세상에 없다는 사실을 받아들였냐고

묻는다면, 유진은 그렇다고 대답할 것이다. 그러나 만약 어머니 없이 살 수 있느냐고 묻는다면, 그는 대답하지 못하리라. 집주인의 질문은 두 의미를 모두 담고 있었기 때문에 유진은 모른다는 말밖에는 할 수가 없었다.

"흠… 나이가 드니 노파심만 커져서 문제야. 근데 말이야, 그 곰 같은 청년은 이번에 같이 안 내려가나?"

"네. 그렇게 될까 봐 걱정하던데요."

갑작스러운 화제 전환에도 유진은 아무렇지 않게 응수했다. 집주인은 원래 한 가지 주제로 오래 이야기하는 사람이 아니다.

"그럼, 청년이 내려갈 수도 있다는 거네?"

"네."

"그래, 그럼 됐어. 자, 나는 이제 퍼질러 자는 쭈그렁 영감탱이를 깨워서 자네 집으로 올려 보낼 거야. 선생은 언제 떠나나?"

"지금요."

"아이고, 완전히 작정하고 왔구먼."

유진은 열쇠를 집주인에게 건넸다. 앓는 소리를 낸 그는 열쇠를 받아 들며 유진의 손을 힘차게 움켜쥐었다.

"살다 보면, 언젠가 괜찮아질 날이 올 거야. 내 장담하지."

"…"

"노망난 늙은이가 장담씩이나 한다고 우리 의사 선생이 믿을지는 모르겠지만… 적어도 나는 그랬어. 그러니까 너무 힘들어하지 말게나."

"…감사합니다."

"응, 그래. 조심히 내려가고. 종종 연락해. 설마 이대로 아예 연을 끊을 셈은 아니겠지?"

"…시간 되면요."

"허긴… 시골은 눈코 뜰 새 없이 바쁠 테니. 어쨌든 내 번호는 안 바뀔 테니, 언제라도 연락해."

"네, 안녕히 계세요."

"언제 또, 다시 만남세."

씩 웃은 집주인이 문을 닫았다. 철제 현관문 앞에 선 유진은 닫힌 문을 얼마간 응시하다가 걷기 시작했다. 살던 집을 깨끗이 정리해 마음이 홀가분했다.

조금은, 일찍 떠나도 괜찮을 것이다.

*

 유진은 오랜만에 운전대를 잡았다. 아파트 주차장에 방치됐던 자가용은 다행히 시동이 걸렸다. 텅 빈 트렁크와 함께 미끄러지듯 아파트를 빠져나온 유진의 목적지는 병원이다. 마지막 안내를 듣기 위해서였다. 안내 사항에 마약류 진통제의 배송이 포함되지 않았다면, 유진은 곧바로 상면 병원을 향해 출발했을 터였다.
 "오셨네요. 정리는 잘 끝나셨어요?"
 상냥한 미소를 입에 건 인사과 직원이 물었다.
 "네."
 "다행이네요. 아, 그리고 이거요."
 유진이 의자에 앉기 무섭게 직원은 종이 박스 한 개를 테이블 위에 올렸다. 유진에게도 낯설지 않은 박스는 인사이동 때마다 직원들이 애용하는 물건이다.
 직원은 어서 열어보라는 듯이 손짓했다. 유진은 뚜껑을 들어 옆에 내려놓고 안을 들여다봤다. 박스 안에는 온갖 잡동사니가 들어 있었다. 병원 수술복, 의사 가운, 편하게 입는 옷가지, 필기구에 전공책까지. 마치 그가 머물던 당직실의 축소판처럼 보였다.

"아무래도 집을 정리하는 데 집중하시는 게 좋을 것 같아서요. 병원 짐은 제가 꾸렸어요. 혹시 빠진 건 없는지 다시 확인해 보세요."

직원의 배려심 넘치는 행동은 칭찬받아 마땅했다. 박스에 든 물건을 몽땅 버려야 한다는 것을 아는 유진조차도 고마움을 느꼈다.

"감사합니다."

"뭘요. 어려운 일도 아닌데."

직원은 멋쩍게 웃으며 손사래 쳤다. 그는 물건을 확인할 생각이 없어 보이는 유진이 신기했다. 눈앞의 의사는 물건에 집착하지 않는 사람인 게 분명했다.

고개를 주억거린 직원은 본론을 꺼냈다.

"허가증 부여된 건 이미 아실 테고, 의무 교육 수료 여부도 확인했습니다. 짐 정리하느라 바쁘셨을 텐데, 교육을 바로 수강해 주셨네요."

"바로 필요할 테니까요."

"그건 그렇죠. 병원을 제대로 꾸리려면 다 필요한 거니까. 선생님이 꼼꼼하신 분이라 다행이에요. 자, 그러면 배송 절차에 대해 간단하게 말씀드릴게요. 우리 병원에 약을 납품해 주는 곳에서 상면 병원까지 맡기로 했다는 건 이미 아시죠?"

"네."

"오늘을 제외하면 개업까지 하루가 남았잖아요. 그래서 약은 내일 받는 걸로 해 놨어요. 내일모레 바로 쓰실 수 있게요."

"네."

"약품 배송 시 꼭 의사가 수령을 해야 하고, 처음 한 번은 배송 업체에서 보관 금고를 확인할 거예요. 선생님은 수령증과 확인서 둘 다에 서명하셔야 하고, 바로 마약류 통합관리시스템에 등록도 마치셔야 해요. 요즘에는 앱도 따로 있어서 관리는 어렵지 않을 거예요."

"알겠습니다."

"음, 전출에 필요한 서류는 이미 전자 서명을 해서 보내 주셨으니… 웬만한 건 다 해결됐네요. 허가증도 다 갖췄고 약품도 내일 도착할 테니, 선생님 이제 이틀 뒤면 진짜 진료 시작이네요!"

직원은 뿌듯하게 웃었다. 유진 역시 그를 따라 웃었다. 순탄하게 진행되는 계획이 흡족했다.

직원이 사족을 덧붙이자, 유진의 미소는 흔적도 없이 사라졌다.

"아, 맞다. 간호사 면접 말인데요."

"아."

"내일이죠?"

"네, 그렇죠."

"바쁘신 와중에 면접자 추려 주신 건 감사한데… 정말로 이분, 괜찮으시겠어요?"

직원은 걱정스럽게 물었다. 유진이 뽑은 면접 대상자는 너무 많은 병원을 전전한 사람이다. 단지 그것뿐이라면 그도 굳이 다시 확인하지는 않았으리라.

직원의 표정을 본체만체한 유진은 확신을 담아 대답했다.

"그분이었으면 좋겠어요. 상면 마을 출신이시던데요."

"아, 그건 그렇죠. 마침 거주지도 상면이니, 적어도 출퇴근에 불편은 없겠죠. 하지만… 그래도 한두 분 정도 더 면접을 보는 게 좋지 않을까요?"

"전 이분을 고용할 생각입니다."

"아…"

만나 보지도 못한 사람을 그냥 고용하겠다는 유진의 말에 직원은 아연실색했다. 그는 유진이 병원 운영에는 초심자라 고용의 중요성을 모르는 게 분명하다고 결론을 내렸다. 직원은 설득 조로 운을 뗐다.

"선생님, 금방 그만둘지도 모르는 사람을 고용하면 장기적으로 좋지 않아요."

"괜찮습니다."

"그래도…"

유진의 단호한 거부에 직원은 결국 설득을 포기했다. 한편으로 언젠간 유진이 후회하며 도움을 요청할 거라고 확신했다.

"그럼, 이제 출발해도 될까요?"

"어머, 벌써요? 그래도 오늘은 여기에 머무셔도 될 텐데요."

"더 정리할 것도 없어서요."

"그렇군요. 그러면, 조심히 내려가세요."

"네, 그동안 감사했습니다."

유진의 인사를 들은 직원은 어리둥절했다. 힘든 일이 있을 때 연락하라고 신신당부했건만, 마치 다시는 안 볼 것처럼 인사를 하는 게 아닌가. 그가 고집스레 혼자서 모든 걸 헤쳐 나가려는 부류의 사람인 것 같다고, 직원은 생각했다.

*

고속 도로는 텅 비어 있었다. 유진은 부드럽게 가속페달을 밟으며, 모든 것이 물 흐르듯 진행된다고 느꼈다. 일이 이다지도 수월할 줄 알았다면 조금 더 일찍 결심할 걸 그랬다. 그간 낭비한 일 년이 아깝기만 했다.

시원한 바퀴 소리와 함께 유진은 목적지에 도착했다. 도착한 시간은 그가 예상했던 것보다 훨씬 일렀다.

상면 병원은 여전히 병원보다는 학교로 보였다. 외관을 손볼 예산을 내부 수리에 쏟았다는 걸 누가 봐도 알 정도였다. 유진은 주머니에서 열쇠 한 무더기를 꺼내어 정문 철제 울타리의 자물쇠를 풀었다. 출처 모를 그리움이 쇄도했다.

고개를 한 번 저은 유진은 안으로 발을 들였다. 그는 정문을 닫고 더 안쪽으로 들어갔다. 유리 현관문의 보안을 해제하고 나서야 병원에 발을 들일 수 있었다.

내부는 유진이 익히 아는 병원이었다. 가장 먼저 눈에 띈 것은 응급실과 진료실을 적절히 섞어 놓은 듯한 로비다. 따뜻한 주황빛 노을이 창문을 투과하며 바닥에 쏟아졌다.

1층을 확인한 유진은 천천히 계단을 올랐다. 삼 층짜리 건물에는 엘리베이터가 없었다. 대신에 계단 옆에는 경사로가 있었다. 휠체어를 탄 환자가 병원을 방문해도 크게 불편하지는 않으리라. 하지만 그것도 병원이 정상 운영될 때의 가정이다. 유진은 자조적으로 웃으며 걸음을 재촉했다.

2층에 도착한 그는 나름 아늑하게 꾸려진 병상에 헛웃음을 뱉었다. 일반적으로 입원은 수술 환자의 회복을 위한 조치다. 이 조그만 병원에서는 수술할 일이 없을 텐데 대체 왜 입원실을 만들어 놨을까. 리모델링할 때 소통의 오류가 있었던 게 분명하다고, 유진은 생각했다.

안쪽으로 걸음을 옮겨 자물쇠가 달린 문 앞에 도착한 그는 주머니에서 열쇠 무더기를 꺼내어 문을 열었다. 사무실 안에는 과학실에서 썼을 법한 테이블이 내부를 꽉 채우고 있었다. 테이블 위에는 단단해 보이는 이중 금고가 놓여 있었다. 금고를 한 번 쓸어본 유진은 사무실을 나와 문을 잠갔다.

십 분도 되지 않아 2층 구경을 끝낸 유진은 다시 한번 계단을 올랐다. 종착지는 3층으로, 그곳이 바로 그의 숙소다.

"하."

3층은 횅뎅그렁했다. 가구는 침대와 간이 싱크대가 끝이었다.

유진은 곧바로 침대에 몸을 던졌다. 삭막한 인테리어를 신경 쓸 이유도 없거니와 장시간 운전으로 인한 피로가 쌓여 있었다. 그는 자신이 하루 종일 굶었다는 것도 잊고 그대로 수마에 몸을 맡겼다.

이제 내일이면, 허기와 수면에 신경 써야 할 필요는 없을 것이었다.

3장

도둑맞은 모르핀

*

 쓰러지듯 잠에 빠졌던 유진은 소스라치게 놀라며 몸을 일으켰다. 끔찍한 표정으로 주변을 두리번대던 그는 얼마 지나지 않아 모든 게 꿈이었다는 걸 깨달았다. 새삼스러운 것도 없는 악몽이지만 그를 익사시킬 기세로 몰려오던 파도가 여태껏 생생했다.

 엉망인 기분과는 반대로 날씨는 맑디맑았다. 거대한 통창을 투과한 아침 햇살이 그의 얼굴에 쏟아졌다. 화창한 아침의 유일한 옥에 티는 까악대는 까마귀뿐이다.

 마른세수하며 잠기운을 몰아낸 유진은 침대 밖으로 발을 뻗었다. 곧장 일어서려던 그는 부지불식간에 현기증을 느끼고 멈칫했다. 현기증이 사라지자, 공복감이 그 자리를 대신했다. 마지막으로 식사한 시간을 따져보던 유진은 한숨을 쉬고 싱크대 앞에 섰다.

그는 허기를 잠재울 만한 것을 찾아 주변을 살폈다. 싱크대 옆에 아이스박스 하나가 덩그러니 놓여 있었다. 작은 냉장고도 없는 3층에서 음식을 보관할 수 있는 기능을 가진 유일한 물건이었다.

출처를 알 수 없는 아이스박스를 빤히 응시하던 유진은 허기를 꼭 해소해야 하는지 자문했다. 약품 도착 시간이 임박했기 때문이다. 그러나 순간 그는 간호사 면접이라는 일정을 떠올렸다.

솔직한 심정으로, 유진은 당장이라도 전화를 걸어 합격이라고 말하고만 싶었다. 어차피 다음날 사라질 직장인데 형식적인 면접을 볼 필요가 대체 뭐가 있겠는가. 그에게 일말의 이성이 남아 있지 않았더라면 정말로 그렇게 했을 터였다.

우울한 표정의 유진은 느릿느릿 아이스박스를 열었다. 배만 채울 수 있다면 뭐든 좋았다. 기원이 정말로 통한 것일까. 박스 안에는 인스턴트 김치찌개가 있었다. 반쯤 녹은 아이스 팩 2개와 함께.

대체 누가, 그리고 왜라는 질문이 머리를 스쳤지만, 그는 곧 고개를 저으며 상념을 털어 냈다. 유진은 속 편하게 생각하기로 했다.

 김치찌개를 손에 든 그는 잠시 고민했다. 도구 없이 찌개를 먹어 본 경험이 없다는 것을 그제야 깨달은 탓이다. 찬기가 남은 팩을 물끄러미 보던 유진은 김치찌개를 간이 싱크대 위에 내려놨다. 그의 머리에 어떤 가능성이 떠올랐다.

 힘없이 걷기 시작한 유진의 목적지는 자가용이 주차된 운동장이다. 차의 트렁크를 열자마자 낯익은 박스 하나가 그를 반겼다. 처분할 장소를 찾지 못해 그의 트렁크를 차지하게 된 종이 박스다.

 박스를 뒤지던 유진은 금세 원하던 물건을 찾았다. 살다시피 했던 당직실을 정리했으니, 나무젓가락 한두 개가 발견된들 그렇게 이상한 일은 아니었다.

 나무젓가락을 든 유진은 다시 3층으로 향했다. 오랜 굶주림 때문인지 발걸음은 종전보다 기운이 없었다. 숙소가 3층보다 높은 곳에 있었다면 결코 도착하지 못했을 거라고, 유진은 확신했다.

 "흠…"

간신히 숙소에 도착한 그는 곧바로 김치찌개의 포장을 찢었다. 유진은 몇 번이나 차디찬 건더기를 들어 허겁지겁 입에 밀어 넣었다. 그럭저럭 허기가 채워지고 나서야 그는 실소를 터트렸다.

 삶을 포기하려고 할 때조차도 굶주림을 이겨낼 수 없다니 이것보다 고약한 일이 또 있을까. 정신은 이제 끝이라며 한계를 부르짖는데 육체는 그래도 살라며 영양분을 호소하다니, 참 비협조적인 몸뚱이가 아닌가. 어쨌든 유진은 이미 정신의 편을 들어주기로 했다. 번복은 없을 터였다.

 그는 고깃기름이 둥둥 떠 있는 찌개의 국물을 모조리 들이켜고, 나무젓가락을 부러뜨려 텅 빈 포장 팩 안에 넣었다.

 그때, 현관에서 초인종이 울렸다.

 침대에 앉아 있던 유진은 몸을 일으켰다. 그는 쓰레기를 싱크대 한구석에 내려놨다.

 배가 불러서인지, 아니면 기다리던 물건이 도착한 덕분인지 그의 걸음은 경쾌하기 짝이 없었다. 입에 걸린 미소가 아주 후련해 보였다.

 유진은 유리문을 열고 유니폼을 입은 방문객을 맞았

다. 배달원의 모자에 그려진 로고가 눈에 익었다. 서울의 병원에서 종종 보던 것이었다.

"자, 일단 수령증에 서명 부탁드립니다. 정체로 써 주세요."

"네."

유진은 배달원의 요청을 착실히 따랐다. 서명해야 하는 서류는 꽤 많았고, 이중 금고와 CCTV를 점검하는 과정은 번거로웠다. 그럼에도 일이 생각보다 쉽게 풀린다는 감상을 지울 수 없었다. 만약 그가 의사가 아니었다면, 이렇게 쉽게 모르핀을 손에 넣을 수 있었을까. 자신이 의사가 아니었더라면 아마…

애써 상념을 털어 낸 유진은 배달원을 배웅했다. 드디어 안식을 위한 준비가 끝났다.

물끄러미 사무실 문을 응시하던 유진은 주차장으로 걸음을 옮겼다. 그는 작은 부속 건물 안으로 들어섰다. 본래는 학교의 수위실이었다가 이제는 경비실로 용도가 바뀐 곳이다.

인사과 직원은 리모델링 업체가 학교의 CCTV를 최대한 재활용했다고 알려 줬다. 대신에 감시 모니터들은 모두 경비실 한곳에 모았다고 했다. 유진의 목적은 모든

CCTV를 끄는 것이니 오히려 잘된 일이다.

열쇠 무더기에서 경비실의 열쇠를 찾은 유진은 안으로 들어가 강제 종료 버튼을 눌렀다. 순간 배달원의 당부가 메아리쳤다. 마약류 약품이 배송됐으니, CCTV를 상시 가동해 달라고 했던가. 그러나 유진은 새까맣게 변한 화면을 되돌릴 생각이 없었다. 오늘 거사를 치를 입장에서는 기계가 모든 행적을 감시하는 게 꺼려졌기 때문이다.

교육받은 바로는 병원 개업 직후에 CCTV가 가동되기만 한다면 아무런 문제가 없다. 개업할 일도 없겠지만.

유진은 반들반들함을 뽐내는 검은색 일색의 모니터를 물끄러미 바라보다 터벅터벅 걸음을 옮겼다.

아, 이대로 모든 것을 끝낼 수 있으면 얼마나 좋을까. 2층 층계참에 선 유진은 사무실 쪽을 바라보며 생각했다. 이미 허비한 1년을 상기한 유진은 더 이상 망설이지 않기로 했다. 뒷일을 생각할 정신이 남았더라면 죽을 결심을 할 일도 없었다.

그 순간 초인종 소리가 병원에 울려 퍼졌다. 금고로 달려가던 유진의 걸음이 우뚝 멈췄다.

"…누구십니까."

유진의 목소리는 한없이 퉁명스러웠다. 방해를 받은

게 영 달갑지 않았다.

유선 장치 건너편의 상대는 담담하게 대답했다. 여성의 목소리였다.

"안녕하세요. 오늘 면접을 보기로 한 간호사, 김미경입니다."

"아…"

2층 벽 한구석에서 시계를 발견한 유진은 시간을 확인했다. 고지한 시간보다 족히 한 시간은 이른 시각이었다. 원망스럽게 시계와 사무실을 번갈아 보던 유진은 작게 한숨을 쉬고 유리문을 개방했다. 간호사를 맞이하러 1층으로 향하는 그의 걸음은 등교하기 싫어하는 아이의 것과 같았다.

"일찍 오셨네요."

"네. 선생님은 어제 도착하신 것 같아서요. 혹시 몰라서 드실 것을 좀 챙겨 왔습니다."

"음…"

유진은 당혹을 금치 못했다. 간호사는 대체 어떻게 자신이 어제 도착했다는 것을 알았을까. 더 놀라운 것은 면접관이 먹을 식사를 챙겨 온 그의 행동이다. 시골 인심의 소멸을 운운하던 지훈이 봤다면 놀라 자빠질 게 분명했다.

유진의 표정을 본 간호사는 그에게 사과하고 부연했다.

"아, 죄송해요. 제가 너무 설명이 부족했네요."

"…"

"선생님이 어제 도착하셨다는 건 마을 주민들도 다 알아요. 못 보던 차가 운동장에 주차돼 있으니 모를 수가 없죠. 좁은 마을이니까요. 소문도 금방 퍼지죠. 선생님이 오시는 걸 다들 기다리기도 했고요. 개업이 내일이잖아요."

"아아, 그래서…"

학교 어딘가에 숨겨진 CCTV가 있을지도 모른다는 추측은 아무래도 틀린 모양이다. 유진은 안심했다.

"네. 그리고 식사는 정말 별거 아니에요. 선생님은 아직 마을에 뭐가 있는지 모르실 테니, 간단히 챙겨 왔습니다."

"신경 써주셔서 감사합니다만, 이미 먹었습니다."

"어머, 그렇군요."

김미경 간호사를 보는 유진의 눈에 안타까움이 스쳤다. 행동이나 말로 보아 김 간호사는 섬세하고 꼼꼼한 사람인 게 분명했다. 전도유망하고 능력 있는 간호사를 애먼 일에 끌어들인 것 같아 입이 썼다.

"근무일이 당장 내일부터인데 괜찮나요?"

"네, 그럼요. 이력서에도 기재했듯이 본가이자 거주지가 여기 상면이에요. 병원에서 보도로 15분밖에 안 걸리는 곳입니다."

"많은 일이 생길 텐데, 그것도 괜찮으신가요?"

유진은 희망을 담아 물었다. 간호사에게 앞으로 벌어질 일에 대해 속 시원히 말할 수 있다면 얼마나 좋을까. 그는 간호사의 눈을 쳐다보지도 못했다. 하필 김 간호사는 눈빛까지 선량했다. 부디 근무를 단념해 주길 바라는 것이 유진이 할 수 있는 최선이었다.

"네, 괜찮습니다. 응급실에서 근무한 경력도 있고, 바쁜 것은 문제가 되지 않습니다. 오히려 많이 움직이면 좋죠. 운동도 되고."

김 간호사는 싱긋 웃으며 단언했다.

"…시골보다는 도시 병원에서 일하는 게 경력에 더 좋지 않을까요?"

"고향에서 일한 경험이 도움이 되지 않을 거라고 생각하지 않습니다. 또, 오히려 고향이어서 도와드릴 수 있는 일도 있을 거고요. 저는 이 병원에서 새로운 경력을 쌓고 싶습니다."

"…"

졌다. 유진은 할 만큼 했다고 생각하고 설득을 포기했다. 고작 세 번의 시도를 한 것뿐이지만 현재 만사가 귀찮은 그에게는 그것도 대단한 일이었다.

유진은 자리에서 일어나 손을 내밀었다. 김 간호사는 기쁘게 웃으며 그와 손을 마주 잡았다.

"그럼, 앞으로 잘 부탁드립니다."

잘 부탁한다는 말은 사고 수습을 잘 부탁한다는 의미였다.

"…네…! 열심히 하겠습니다!"

김 간호사는 열정적으로 대답했다.

그의 적극적인 모습에 유진은 난처했다. 혹시 생활고라도 겪고 있는 걸까. 그는 조심스레 물었다.

"혹시 꼭 여기서 일해야 하는 이유가 있는 건가요?"

"아뇨, 그게…"

김 간호사는 망설였다.

"채용은 이미 확정이니까 그냥 말해보시죠. 애초에 면접자는 김 간호사님 한 분뿐이거든요."

김 간호사는 생각지도 못한 말을 들었다는 듯이 눈을 깜빡거렸다. 그는 조심스럽게 운을 뗐다.

"그게… 제 이력 때문에요."

"이력? 무슨 이력을 말씀하시는 건지…"

유진은 질문과 동시에 답을 알아차렸다. 김 간호사는 그의 생각을 확인해 줬다.

"스위스에서 한 근무요."

"그건 괜찮습니다."

"…감사합니다."

그때 누군가가 유리문을 미친 듯이 두드렸다. 두 사람은 동시에 깜짝 놀라 같은 방향으로 얼굴을 돌렸다.

"선생님-! 선생님!"

유진을 부르는 게 분명한 호칭이다.

"무슨…"

"누가 다쳤나 봐요, 선생님."

빠르게 상황 파악을 마친 김 간호사가 말했다. 달려 나간 그는 불청객을 안으로 들였다. 헐레벌떡 유리문 안으로 들어온 사람은 유진과는 초면이다.

유진은 멍하니 생각했다. 이제부터 정문은 무조건 자물쇠를 걸어 놓아야겠다고.

전형적인 농사꾼 복장의 노인은 유진을 보자마자 횡설수설했다.

"서, 선생님! 아니, 글쎄, 강 씨 아저씨가, 그 바보 같은 양반이, 안전장치도 없이 지붕에 올라가서는…! 저희는 분명히 말렸는데요, 그러면 안 된다고. 당장 내려오래도, 이 사람이 들은 척도 안 하고는 글쎄,"

"장 씨 아저씨, 요점만요. 누가, 어디서 다쳤어요?"

김 간호사가 남성의 장광설을 시기적절하게 끊었다.

"가, 강 씨가, 요 앞 빨간 지붕에서 떨어졌어요!"

그제야 필요한 설명을 들은 김 간호사가 유진을 뚫어져라 쳐다봤다.

근무일은 내일부터라고 말하려던 유진은 다친 남성의 다리뼈가 휜히 보이더라는 말을 듣고 생각을 고쳐먹었다. 만약 정말로 환자에게 개방형 골절이 생긴 거라면, 빠른 치료밖에는 답이 없었다.

"이송은요?"

"네?"

"환자분, 지금 병원으로 이송되고 있는 겁니까?"

"아이고, 그랬으면 얼마나 좋게요! 경운기로 옮겨 준대도 한사코 거절을 하드니마는. 글쎄, 이런 건 침 바르면 낫는다고 다시 지붕에 올라가려고 하질 않습니까! 동네 사람들이 간신히 말리고 있어요."

거기까지 들은 유진은 벌떡 일어나 1층의 비품실과 2층의 약품실을 차례로 내달렸다. 김 간호사도 눈치껏 그의 곁에서 물품을 날랐다. 두 사람이 분주하게 움직이는 것을 본 장 씨는 발을 동동 구르며 그들을 지켜봤다.

이윽고 모든 준비가 끝나자, 장 씨는 두 사람을 경운기에 태웠다. 유진은 그제야 아차 싶었다. 과연 경운기가 그가 원하는 속도를 낼 수 있을지 의심이 들었기 때문이다. 얼마 지나지 않아 그는 걱정을 모두 지웠다. 경운기의 속도는 생각했던 것보다 훨씬 빨랐다.

사고 장소는 병원과 가까웠다.

"가, 강 씨! 내가 저, 의사 선생님 모셔 왔어!"

장 씨가 경운기에서 구르다시피 내리며 소리치자, 강 씨를 빙 둘러싸고 있던 동네 사람들이 하나둘씩 몸을 움직여 길을 터 주었다.

"염병… 뭘 이깟 일로 의사 나으리씩이나 부르고 자빠졌어? 내가 말했지. 이런 건 침 바르면 낫는다고. 별로 아프지도 않구먼, 유별은."

장 씨의 호들갑과 대비되는 침착한 목소리였다. 환자

가 장 씨고 보호자가 강 씨라고 해도 믿을 판국이다.

장 씨의 뒤에서 나온 유진을 본 강 씨는 그를 향해 이기죽거렸다.

"아이고, 깡촌까지 의사 나으리가 내려온다길래 얼마나 대단한 사람인가 했더니, 비루먹은 여자를 보냈네. 그렇게 깡마르니 허여멀게 가지고, 어디 치료깨나 하겠습니까?"

"이보쇼! 의사 선생님께 못 하는 말이 없어!"

장 씨가 난색을 보였지만, 강 씨는 아랑곳하지 않았다.

강 씨의 독설에도 눈 하나 깜짝하지 않은 유진은 다리를 관찰하기 바빴다. 술 냄새. 유진의 머릿속에 가장 먼저 떠오른 감상이다. 동시에 그는 진통제나 다른 약물을 주사할 생각을 저 멀리 날려 버렸다. 알코올의 영향을 받는 환자에게 함부로 약물을 투여할 수는 없었다.

그다음으로 유진이 한 일은 다리를 감싼 바지를 자르는 것이다. 장 씨는 뼈가 보인다고 말했지만, 엄밀히 말하면 그것은 잘못된 말이었다. 다리는 바지에 가려져 있었으니까. 바지 위로 무릎 부분이 기이하게 튀어나왔으므로 장 씨가 그런 오해를 할 만도 했다.

유진은 훤히 드러난 다리에 손을 올리고 촉진을 시작

했다. 바지를 자르는 과정에서도 어지간히 욕을 하던 강 씨는 유진이 그의 다리를 만지는 시점에 이르러 성희롱을 곁들이기 시작했다.

"아이고~ 젊은 아가씨가 이리 만져 주니 아주 좋아 죽겠네! 어디, 더 위로 좀 올라와 보지, 그래?"

그를 붙잡고 있던 동네 사람들조차도 아연실색했지만, 유진은 아무렇지도 않은 얼굴로 다음 스텝을 준비했다.

촉진 결과, 강 씨의 다리는 골절된 게 아니라 탈구된 것이고 그 말은즉 유진이 그의 다리를 맞춰야 한다는 의미였다.

유진은 여전히 악담을 퍼붓는 강 씨의 입에 거즈를 물리고 경고했다.

"아플 겁니다."

강 씨가 거즈를 채 뱉어 내기도 전에 우두둑하는 소리와 함께 다리가 제자리를 찾았다. 강 씨의 다리를 자기 어깨까지 올린 유진이 종아리를 잡고 비틀어 단번에 뼈를 맞춘 것이다.

"…으읍…"

강 씨는 저도 모르는 새 신음했다. 거즈가 없었다면 필시 혀를 깨물었을 것이다.

유진은 고통에 찬 강 씨의 얼굴을 바라보며 자업자득이라고 생각했다. 술을 마시지 않았다면 진통제라도 주사해 고통을 덜어 줬을 테니까. 강 씨가 이번 기회에 취한 채로 지붕 위로 올라가면 안 된다는 교훈을 얻길 바랐다. 오늘이 가기 전에 이런 일이 또 생기는 건 안 될 일이었으니 말이다.

마을 사람들과 힘을 합쳐 강 씨의 상반신을 누르고 있던 김 간호사는 눈치껏 강 씨의 입에서 거즈를 빼냈다. 그와 동시에 술 냄새가 훅 풍겼다.

사람들은 돌림 노래처럼 술고래 강 씨를 욕하기 시작했다. 유진이 다리를 원상태로 돌려놨으니, 그가 다 나았다고 생각했기 때문이다. 겉보기에 멀쩡하니 이젠 걱정할 게 아무것도 없다는 단순한 생각은 순박한 사람들이나 할 법한 고식적 자기만족이다.

"스플린트."

"네."

"붕대."

"네."

그사이에 유진과 김 간호사는 합을 맞춰 강 씨의 다리에 부목을 댔다. 그들이 고정 작업을 끝냈을 때쯤 강 씨를 합죽이로 만든 마을 사람들의 돌림 노래가 끝났다.

"마을에 구급차가 있습니까?"

유진이 질문을 던지자, 사위가 쥐 죽은 듯이 고요해졌다. 모두가 귀를 쫑긋 세우고 입을 다물었다. 김 간호사가 대답했다.

"아뇨, 선생님. 병원도 하나뿐이니까요."

상면 병원에 구급차가 없다면 마을에도 없다는 소리였다.

"…"

유진은 울적한 낯으로 경운기를 살폈다. 한숨을 삼킨 그는 김 간호사에게 물었다.

"옆 마을에 있다는 종합 병원에 전원 요청은요? 전화로 구급차 요청을 하면 되지 않나요?"

"가능은 하지만, 거기도 구급차가 몇 대 없어서요. 바로 운송할 수 있을지는 모르겠습니다."

김 간호사가 난처한 표정으로 설명하자, 유진은 더욱 울적해졌다. 그는 결국 한숨을 쉬었다.

두 사람의 대화를 듣던 장 씨가 눈을 끔뻑이며 끼어들었다.

"아니, 왜 그러십니까? 다 나은 것 아닙니까?"

"탈골은 해결했지만, 지붕에서 떨어졌다면서요. 당연히 추가 검사가 필요합니다. 미세 골절이 생겼을 수도 있고, 혹시 다른 부상이 있을 수도 있고… 환자분, 다리부터 떨어졌습니까?"

"…그러면요?"

강 씨의 퉁명스러운 태도는 여전했으나 출처 모를 독기는 다 빠져 있었다. 유진은 그의 진땀 어린 얼굴을 보며 말했다.

"일차 충격을 다리가 흡수했으면 그 주변에 다른 부상이 있을 수도 있겠네요. 추가 검사가 꼭 필요합니다. 머리는 안 부딪치셨나요?"

"흥. 내가 속엣말을 좀 했다고 머리 다친 놈 취급을 하는 거요?"

"아니, 이 사람! 왜 그래, 자꾸! 자네가 머리도 다쳤을까 봐 물어보시는 거 아닌가!"

아연한 얼굴의 장 씨가 그를 타박했다. 강 씨는 사과 한마디 없이 얼굴을 휙 돌렸다.

"혹시 모르니 머리랑 다리, 다 검사해 보는 게 좋겠어요."

김 간호사가 상황을 정리했다. 유진은 그에 동조하듯

고개를 끄덕이며 경운기를 흘긋 쳐다봤다.

유진이 장 씨에게 부탁했다.

"죄송한데, 병원까지 한 번 더 신세를 질 수 있을까요? 아무래도 종합 병원까지는 제 차로 이동해야 할 것 같아서요."

아무리 바로 옆 도시라 한들 두 시市 사이에는 고속 도로가 있었다. 환자를 경운기로 옮기는 것은 불가능했다.

장 씨는 당치도 않다는 듯이 손을 저었다.

"아이고, 신세라니요! 당연한 말씀을요! 자, 어서 타십시오!"

"감사합니다. 김 간호사님은…"

"저는 여기서 환자 상태를 살피고 있겠습니다, 선생님."

"…네, 부탁드립니다."

유진은 내심 감탄했다. 길게 설명할 필요도 없이 김 간호사는 그의 의도를 정확히 파악했다. 정말 대단한 인재다. 고작 하루뿐인 근무지에서 썩히기 아까운.

괜히 입이 쓴 기분에 입맛을 한 번 다신 유진은 장 씨의 경운기에 올라탔다. 돌아갈 때의 속도는 처음 탔을 때의 속도엔 미치지 못했으나, 그것도 적당히 빨랐다.

경운기의 속도보다도 경악스러운 것은 승차감으로, 바퀴에 걸리는 것이 무엇이든 탑승자의 엉덩이에도 충격이 고스란히 전달됐다. 유진이 강 씨를 경운기에 태우지 않은 이유이기도 했다. 달그락거리는 경운기에 안전벨트도 없이 환자를 태웠다간 2차 피해가 생길지도 몰랐다.

자가용으로 환자를 이송한다는 계획도 무모하긴 마찬가지였지만, 차에는 안전벨트와 쿠션이 있지 않은가. 유진은 애써 자신의 결정을 합리화했다.

요란한 소리를 내던 경운기는 금세 목적지에 다다랐다. 재빨리 내린 유진은 장 씨에게 감사 인사를 건네고 병원으로 들어갔다. 단숨에 3층을 뛰어 올라간 그는 차 키를 챙겨 운동장으로 내달렸다.

차에 올라타 시동을 건 유진은 앞서가던 경운기를 추월할 정도로 거침이 없었고, 그 추진력은 고속 도로에서도 어김없이 발휘됐다. 강 씨의 종합 병원 전원 수속이 끝나고서야 유진은 어깨에서 힘을 뺐다.

마을로 돌아가는 길, 유진은 느긋하고 부드럽게 차를 몰았다.

"선생님, 오늘 멋지셨어요."

"…제가요?"

조수석에 앉은 김 간호사의 존재를 잊고 있던 유진은 살짝 놀라며 대꾸했다.

"강 씨 아저씨가 나쁜 분은 아니신데, 의사한테 반감이 좀 있는 분이에요."

유진은 어쩌다 그렇게 되었냐는 흔한 질문도 던지지 않고 김 간호사의 말을 들었다.

"그래도 설마 그런 말까지 하시리라고는 상상도 못 했네요. 제가 다 낯부끄럽더라고요. 그런데 선생님은 아무렇지도 않게 치료하시고… 너무 대단하세요, 정말."

"아뇨, 뭐. 일이니까요."

그는 정말로 아무렇지도 않았다. 강 씨가 퍼붓던 모진 말은 무시하면 그만이다.

그가 무시할 수 없는 것은 히스테리를 부리는 환자가, 아플 땐 아프다고 좋으면 좋다고 해야 하는 환자가 그런 말을 할 수 없게 되는 것뿐이다. 죽은 자는 말이 없는 법이니까.

"…님, 선생님!"

"아, 네. 죄송합니다만, 뭐라고 하셨죠?"

"저는 여기서 내려 주면 된다고 말씀드렸어요. 오늘 아주 피곤하셨나 봐요."

김 간호사는 별다른 의심 없이 그의 상태를 어림짐작했다. 굳이 오해를 풀지 않은 유진은 차를 세우고 인사를 건넸다.

"오늘, 고생이 많으셨습니다."

"네, 선생님도요. 그럼, 내일 뵙겠습니다."

"…"

유진은 마지막 인사에 대답하지 못하고 묵례했다. 작게 웃은 김 간호사는 등을 돌려 걷기 시작했다. 뒷모습을 물끄러미 응시하던 유진은 핸들에 손을 올리고 가속 페달을 밟았다. 최후의 장소가 될 병원을 향해.

미끄러지듯이 비포장도로를 달리던 차는 곧 상면 병원에 도착했다. 차를 세우기 무섭게 흙먼지가 자욱하게 일었다. 어딜 봐도 주차장보다는 운동장이라는 단어가 더 어울렸다. 어쨌든 본디 장소란 쓰는 사람 마음대로 이름 붙이기 마련이다.

차에서 내린 유진은 느긋이 움직였다. 그의 목적지는 2층이 아닌 정문이었다. 겉보기에 삼엄해 보이는 철제 울타리는 자물쇠가 걸리지 않은 채로는 누구든 통과시키는 열린 문일 뿐이다. 이미 오늘을 통해 뼈저리게 그것을 느낀 유진은 바닥에 떨어진 쇠사슬을 들어 울타리에 칭

칭 감았다. 자물쇠를 걸어 잠그는 손길에서 누구의 침입도 허가하지 않겠다는 굳센 의지가 엿보였다.

그다음에 유진은 현관 유리문을 잠갔다. 손잡이가 있는 왼쪽 중앙부에는 일상적으로 쓰이는 잠금장치가 달려 있다. 상단에 추가로 달린 돌림 쇠까지 걸고 나서야 그는 만족스럽게 고개를 끄덕였다.

지금 이 순간부터는 누구도 그를 방해할 수 없어야만 했다.

아침부터 줄기차게 울어 대는 까마귀 소리만 제외하면 사위가 고요했다. 화창한 아침의 유일한 옥에 티는 아직 존재감을 과시하고 있었다.

새소리에 신경을 끈 유진은 2층 사무실을 향해 느긋이 움직였다. 몇 가지 돌발 상황만 제외하면 계획은 순항 중이다. 무엇보다도, 모르핀이 이미 그의 수중에 있지 않은가.

그러나 붕 떴던 마음은 사무실의 문을 연 직후 온데간데없이 사라졌다. 제일 먼저 그의 눈에 들어온 것은 활짝 열려 있는 이중 금고다. 맹세컨대 자신은 금고를 열어 둔 적이 없다.

자살 계획의 하이라이트인 모르핀을 보관하던 이중 금

고는 이름값도 하지 못한 채로 남겨졌다. 속이 텅 빈 채로.

 아, 오늘 죽는 게 그렇게 쉽지는 않겠구나.
 텅 비어 버린 금고를 물끄러미 바라보던 유진은 멍청히 생각했다.

4장

용의자를 찾아야 한다

*

 시간 가는 줄도 모르고 빈 금고를 들여다보던 유진은 천장에 달린 CCTV를 보고 정신을 차렸다. 그러나 몸을 완전히 일으키기도 전에 그는 허탈하게 주저앉았다. 몇 시간 전의 자신이 기계를 강제 종료한 게 떠올랐기 때문이다.

 마른세수한 그는 상황을 정리하기 시작했다.

 모르핀이 배달된 것은 오늘 오전이다. 그 후의 방문객은 간호사와 장 씨뿐이니 그 두 사람을 용의자로 확정해도 되는 거 아닐까.

 하지만 그가 장 씨를 치료하러 병원을 떠났을 때, 누구라도 병원에 침입할 수 있었다. 망할 놈의 정문 단속을 철저히 했더라면…

 유진은 다시 한번 용의자 후보를 꼽았다. 범인은 병원이 비어 있단 걸 아는 사람이어야 했다. 그는 곧 강 씨를 치료할 때 보았던 스무 명 남짓의 구경꾼을 떠올렸다.

 또한 범인은 이중 금고의 열쇠를 가진 인물이기도 했다. 인사과 직원이 알려 준 바에 따르면 금고는 마을에서 구매한 제품이다. 금고를 판매한 상점 주인과 그의 가족도 용의선상에 올랐다. 그런데, 원래 금고의 열쇠가 범용 가능한 것이던가?

 한 번 의문이 생기자 다른 의문도 꼬리에 꼬리를 물었다. 범인은 CCTV의 존재를 알았을까? 대체 어떻게 그것을 무력화하려고 했던 걸까? 경비실 열쇠는 분명 하나뿐일 텐데.

 "하아…"

 유진은 토하듯 한숨을 쉬었다. 방금 막 오전에 김 간호사가 했던 말이 기억난 참이었다.

 …좁은 마을이니까요, 소문이 금방 퍼지죠…

 그리하여 유진은 누구도 믿을 수 없어졌다.

 마을 사람 모두가 소문을 공유한다면 누구나 이중 금

고를 알 터였다. 지역 유지씩이나 되는 사람의 자녀가 아프다면 역시 빠르게 소문이 퍼졌을 게 뻔했다. 연명 치료를 위해 병원에 마약류 약품을 보관할 거란 사실도 같은 맥락으로 퍼졌으리라.

결론적으로, 마을 사람 모두가 용의자라는 말이다. 그들 모두가 한통속일 수도 있다는 데 생각이 미치자, 유진은 미친 듯이 폭소하고 싶은 심정이었다. 마을 전체가 마약 중독자와 도둑 잡범을 모아 둔 범죄 도시가 아닌가 하는 의심마저 들었다.

연거푸 마른세수하던 그는 몸을 일으켜 2층 사무실을 나섰다. 아무런 의미가 없는 행동이었지만 이중 금고를 잠그는 것도 잊지 않았다.

확실한 것은 아무것도 없으며, 일단 오늘보단 내일을 더 걱정해야 할 지경이다. 병원은 내일부터 정상 운영될 예정이니까. 모르핀이 사라진 지금, 죽어서 개업을 무산시키는 일은 불가능해졌다.

내일도 살아야 한다는 생각이 들기 무섭게 그의 배가 뱃고동을 울렸다.

유진은 헛웃음을 참지 못했고 그것은 곧 실소로 바뀌었다. 창문을 단속하기 위해 1층에 내려간 그는 미친 듯이 웃음을 터트렸다. 김 간호사가 두고 간 도시락 통 때문이었다.

이로써 그는 심지어 굶어 죽을 일도 없어졌다.

눈꼬리에 맺힌 눈물을 닦은 유진은 김 간호사의 호의를 기꺼이 받아들였다. 그는 아무 의자에 앉아 도시락 뚜껑을 열었다. 3단으로 구성된 도시락은 꽤 풍성했다. 굳이 아껴 먹지 않아도 다음 날 아침까지 먹을 수 있는 양이다. 섬세한 김 간호사는 수저까지 챙겨 넣었다. 젓가락을 꺼내 든 유진은 식사를 시작했다.

그는 먹을 수 있을 만큼 먹고 도시락의 뚜껑을 덮었다. 그 뒤 천천히 병원을 돌며 1층의 모든 창문에 걸쇠를 걸었다. 몇 개의 창문은 활짝 열려 있었다. 자신은 창문에 손댄 적이 없는데도. 인테리어 업자가 환기를 위해 열어두고 떠난 것이리라. 고개를 절레절레 저은 유진은 2층과 3층에서 똑같은 일을 반복했다.

문단속을 완전히 끝낸 유진은 내내 들고 다닌 도시락을 아이스박스 옆에 내려놨다. 제대로 상태를 보존하려면 아이스박스 안에 넣는 게 좋겠지만, 박스 안의 얼음이 아직 그대로일 리가 없었다.

처량하게 바닥에 놓인 도시락을 물끄러미 보던 유진은

결국 아이스박스를 열어젖혔다. 이미 찬기라고는 찾아볼 수 없겠지만 내일 일용할 양식이 바닥을 뒹구는 것보단 나을 터였다. 내부를 확인한 유진은 경악했다.

아이스 팩이 냉장고 저리 가라 할 정도의 싸늘한 냉기를 뿜어내고 있었다. 팩을 꺼내 든 유진은 그것이 환각이 아니란 걸 확인하고 다시금 놀랐다. 심지어 그것은 아침보다 더 단단했다.

냉기가 그의 손을 따끔거리게 할 지경이 돼서야 유진은 아이스 팩을 원래 자리에 돌려놨다. 바닥을 뒹굴던 도시락 통도 박스 안에 넣었다.

그는 오늘 일어난 모든 일이 꿈만 같다는 생각을 지울 수 없었다. 만약 누가 유진에게 오늘 자 꿈은 어땠느냐고 묻는다면 그는 망설임 없이 대답할 것이다.

이렇게 다시는 꾸고 싶지 않은 악몽은 또 없을 거라고.

*

늦게까지 고민을 거듭하다가 기절하듯이 잠들었던 유진의 눈이 번쩍 뜨였다. 그의 잠을 깨운 범인은 창문을 넘어 침입한 햇살이었다. 유진은 며칠, 아니 몇 개월 만에 악몽 없이 숙면한 상황이 이상하게만 느껴졌다.

어제 받은 충격에 반비례하듯 가뿐한 몸을 이리저리 돌리며 스트레칭을 한 그는 단숨에 일어나 아이스박스를 열었다.

"…하아…"

상쾌한 기분은 곧 곤두박질쳤다. 최악인 하루의 마무리 타자였던 도시락이 여전히 존재감을 뽐내고 있었기 때문이다. 유진은 느긋이 그것을 꺼내어 싱크대에 올려놨다. 예상했던 대로 금방이라도 떨어질 듯이 아슬아슬했다. 간이 싱크대는 거대한 3단 도시락을 수용하기엔 너무 협소했다. 결국 도시락을 바닥에 내려놓은 유진은 박스를 닫으려다 말고 멈칫했다.

아이스 팩의 부피가 확연히 줄었다.

전날 밤의 꽝꽝 언 아이스 팩은 대체 뭐였단 말인가. 유진은 머리를 털어 상념을 지웠다. 아이스 팩 따위에 시간을 할애하기에는 오늘 하루가 이미 빠듯했다. 밤늦도록 고민한 결과 그에게도 나름의 계획이 생겼다.

마약류 약품의 도난은 5일 이내에만 신고하면 된다. CCTV는 오늘부터 가동하면 되고 금고는 겉으로 보기엔 멀쩡하다. 바꿔 말하면, 자신에겐 5일이라는 시간이 있다. 그동안 범인을 찾아 모르핀을 돌려받는다면 모든 게 만사형통이라는 의미였다.

그러나 계획에는 굉장한 허점이 있었다. 절도범이 중증 마약 중독자라면 돌려주고 말고 할 것도 없이 이미 모르핀을 투약했을지도 몰랐다.

유진은 긍정적으로 생각하기로 했다. 아무리 마약 중독자라도 죽을 정도의 양을 한 번에 주사하지는 않을 테니, 최대한 빨리 찾아낸다면 원하는 만큼은 돌려받을 수 있을 터였다. 급성 모르핀 중독으로 죽을 수 있을 정도의 양. 그것이 그에게 필요한 전부였으니까.

도시락을 든 유진은 침대로 돌아왔다. 식탁도 없는 삭막한 인테리어 탓에, 침대에 딸린 보조 테이블을 식탁으로 사용해야 했다. 그는 묵묵히 도시락 통을 비웠다.

유진의 머릿속은 용의자 색출과 범인 검거로 가득했다. 의사라기보다는 수사관이 할 법한 생각이지만 그는 조금도 이상함을 느끼지 못했다. 당장 오늘이 개업일이라는 사실을 잊을 정도였으니, 직업 정체성이 위태로운 실정이다.

"선생님-! 선생님! 계세요-!"

그에게 현실을 일깨워 준 것은 누군가의 부름이다. 귀에 익은 목소리의 주인은 김 간호사였다.

빈 도시락통을 잘 정리해 아이스박스 위에 올려놓은 유진은 창문 밖으로 얼굴을 내밀었다.

"대체 이게…?"

첫 번째 충격은 김 간호사가 유리문 바로 앞에서 그를 부른 데서 비롯됐다. 전날 쇠사슬에 자물쇠를 채운 기억이 이렇게나 생생한데 대체 김 간호사는 어떻게 정문을 통과해 현관까지 도달한 것일까.

그리고 두 번째 충격은 문제의 정문 밖으로 늘어진 기나긴 인산인해 때문에 생겼다. 다행히 그들은 김 간호사처럼 안쪽까지 침입하진 않았지만, 머릿수가 압도적이었다.

멍하니 길게 늘어선 줄을 보던 유진은 김 간호사의 다급한 부름에 정신을 차렸다.

"선생님! 지금 환자분들이 너무 많아요! 일단 문 좀 열어 주세요!"

유진이 듣지 못할까 봐 크게 소리치는 김 간호사의 성대 건강을 위해서라도 빨리 문을 여는 게 좋을 듯싶다. 뛰다시피 계단을 내려간 그가 김 간호사 앞에 섰을 무렵엔 수사관 마인드는 완전히 사라져 버렸다. 줄을 선 사람 중 누구도 수사관 유진을 원하진 않을 테니 다행인 일이다.

유리문을 열던 유진은 시간을 확인하고 아연실색했다. 늦잠을 잤을지도 모른다는 걱정이 무색하게 시침과 분침은 각각 7과 8 사이, 그리고 6을 가리키고 있었다. 그 말인즉, 현재 시각이 오전 7시 30분이라는 뜻이다. 근무 개시는 9시부터다.

유진은 머리를 짚었다. 들어오자마자 1층의 불이란 불은 모조리 켜던 김 간호사가 넌지시 말했다.

"선생님, 놀라셨겠지만 이게 시골의 아침이에요. 여기 분들은 다들 아침잠이 없거든요. 게다가 대부분 농업에 종사하니, 하루를 일찍 시작하시죠."

"아무리 그래도 아직 영업시간이 아닌데요. 일단 다들 돌아가라고 말씀드리고 1시간 반 뒤에 다시 오라고 해야 겠네요."

"흠…"

김 간호사는 뜻 모를 신음을 뱉었다. 그의 반응에 숨은 뜻이 있다는 걸 감지한 유진은 정문으로 향하던 걸음을 멈췄다. 그는 단도직입적으로 물었다.

"그렇게 하는 게 문제가 되나요?"

"글쎄요… 선생님께서 그렇게 하시겠다면 제가 어떻게 말리겠어요. 다만, 주민분들 사정도 좀 헤아려 주셨으면 해서요."

"사정이요?"

"몇 년 만에 생긴 병원이에요. 리모델링하는 일 년 동안 다들 얼마나 신나 했는데요. 이전까지는 아픈 데가 생겨도 꾹 참기만 하던 분들이에요. 자식분들이 멀리까지 모셔가지 않는 이상 방법이 없으니까요."

"…"

유진은 아무 말도 할 수 없었다. 그에게는 편히 죽을 수 있는 자리, 그 이상도 이하도 아닌 상면 병원이 마을 주민에게는 유일무이한 의료 시설이라는 사실이 그제야 와닿았다.

결정에 쐐기를 박은 것은 김 간호사의 첨언이다.

"선생님께서 병원 문을 일찍 열어 주시면 저분들도 그걸 당연하게 여기진 않을 거예요. 문을 일찍 연 만큼 일찍 닫는다 한들 아무도 반대하지 않을걸요? 저라면 차라리 빨리 환자를 보고 진료를 일찍 끝내겠어요."

범인은커녕 용의자 색출조차도 못 한 유진은 귀가 솔

깃했다. 진료를 일찍 끝내면 조사도 빨리 시작할 수 있을 터였다. 진료를 볼 때 어제 병원을 오간 사람을 만날 수 있을지도 몰랐다. 유진은 고개를 주억거리며 선언했다.

"지금 근무 개시하죠. 그래도 괜찮을까요, 김 간호사님?"

"네, 당연하죠."

푸근한 미소를 지은 김 간호사는 손을 다시 재게 놀렸다. 전등불이란 불을 모조리 켠 그는 이번엔 전자 기기의 전원 버튼을 누르기 시작했다. 환기를 위해 창문을 여는 것 역시 잊지 않았다.

부지런히 움직이는 김 간호사를 흘긋 본 유진은 천천히 걸음을 옮겼다. 그의 걸음은 일견 정문으로 향하는 것처럼 보였으나 유진의 일차 목적지는 경비실이다.

어제의 뼈아픈 경험이 준 교훈이 있다면 CCTV는 항상 켜 놔야 한다는 것이다. 유진은 버튼을 눌러 CCTV를 가동했다.

경비실을 나온 유진은 쇠사슬이 칭칭 감긴 정문 앞에 섰다. 그가 모습을 드러내자, 소음은 가일층 커졌다. 모두가 자기 할 말만 하는 통에 그가 알아들은 것은 얼마 없다.

"…선생님, 완전 명의시라며!"

"말도 마… 강 씨 다리를 단번에…"

"나, 저, 속이 안 좋아요."

"…저는…"

말없이 자물쇠를 들어 올린 유진은 끝도 없이 늘어진 줄과 뛰어 들어올 준비가 된 사람들을 훑어보고 행동을 멈췄다. 문이 열리기만을 기다리던 사람들 사이에서 웅성거림이 커졌다.

유진이 말하기 시작하자 소음은 자취를 감췄다.

"오늘 개업 첫날이기도 하고, 그동안 많이 기다리셨다고 하니 병원을 일찍 열겠습니다."

마을 주민들이 환호하기도 전에 유진은 부연했다.

"대신에 여러분도 질서를 지켜 주세요. 병원에는 이렇게 많은 분을 수용할 공간이 없습니다. 진료는 한 분씩 볼 예정이니, 나중에 오신 분은 일단 자택으로 돌아가 주세요."

"그러면, 내 차례가 됐는지는 어떻게 알고?"

어디선가 불만스러운 목소리가 튀어나오자 다들 입을 모아 동조하기 시작했다.

유진은 순번표라도 만들어야 하나 고민했다. 그때 개

업 준비를 마치고 유진의 뒤로 다가온 김 간호사가 방법을 제시했다.

"그거야 쉽지요. 자, 어머님 아버님들, 서로 다들 집 번호는 아시지요?"

"그럼!"

"암!"

"일단 앞에서부터 10분씩 한 조로 끊겠습니다. 각 조의 마지막에서 두 번째 분은 본인 진료가 시작될 때, 다음 조의 첫 번째 분께 연락해 주세요. 그러면 그 첫 번째 분이 당신 조의 10명을 모두 불러서 함께 병원으로 오는 거죠. 어때요?"

"으응! 일종의 조장 제구먼!"

"아이고, 농번기 일손 도울 때랑 똑같네!"

"그럼, 우리 상인회 사람들은 같이 모입시다."

"그럽죠."

유진은 감탄했다. 즉석에서 참신한 아이디어를 낸 김 간호사도 대단했지만, 곧바로 조를 꾸린 마을 사람들도 굉장한 추진력을 보여줬다.

몇 분이 채 되지 않아 정문에는 10명의 환자만 남았다. 김 간호사를 보며 고개를 끄덕인 유진은 마침내 자물쇠를 풀었다. 첫 번째 환자가 병원에 입성했다.

*

"그러니까, 내가 심장이 자꾸 벌렁거려서 말이야…"

"다른 특별한 증상은 없으시고요?"

"어디 보자… 요즘에 좀 더운 것 같기도 해. 그리고, 뭐라고 설명해야 좋을지 모르겠는데, 뒷목께가 자꾸 찌릿찌릿해."

"흠…"

60명 이후로는 숫자 세기를 포기한 유진이 환자의 말을 들으며 차트를 작성했다. 그는 환자의 혈압을 측정하고 고개를 주억거리며 전자 차트에 Hypertension을 입력했다. 몇 번째인지 기억도 나지 않는 노바스크˙ 처방전이 발부됐다. 이쯤 되니 유진은 확신할 수밖에 없었다. 마을 주민들에게 가장 흔한 질병은 다름 아닌 고혈압이다.

˙ 고혈압 치료제의 일종.

유진은 몇 분 전에 찾아왔던 마을의 약사를 떠올렸다. 그는 상비 중인 고혈압 약이 모두 동났다며 하소연했더란다.

진료를 잠시 멈춘 유진은 김 간호사를 진료실로 불렀다.

"네, 선생님."

"바쁜데 미안합니다. 물어볼 게 있어서요."

"괜찮습니다. 뭔데요?"

"혹시 마을에 약국이 하나뿐인가요?"

"아, 아아…! 호철이 때문에 그러시죠?"

"…호철이요?"

"아, 죄송해요. 유호철이라고, 아까 왔던 약사 이름이에요."

"아는 분이어서 들이셨군요."

"아녜요! 제가 잠깐 한눈판 틈을 타서 그놈이 제멋대로 들어간 거예요! 설마 제가 환자분 대신에 그놈을 들였다고 생각하는 건 아니시죠?"

"…"

거세게 반발하는 김 간호사 앞에서 유진은 조용히 입을 다물었다.

흰 가운을 입은 사람이 진료실 안으로 들어와 따지듯이 말하기 시작했을 때, 유진은 틀림없이 그와 김 간호사가 한패라고 생각했다. 그렇지 않다면 어떻게 멀쩡한 사람이 수많은 환자를 뚫고 새치기했겠는가.

  김 간호사의 반응을 보건대 그건 그저 억측이었던 모양이다.

  유진의 표정을 본 김 간호사는 입을 한 번 비죽였지만, 곧 무덤덤한 얼굴로 돌아왔다.

  "그런데, 호철이가 뭐라고 하던가요?"

  "약이 부족하다고 하던데요. 처방 좀 그만하라고."

  "어휴, 바보 같은 놈. 말도 안 되는 소리나 하려고 왔나 보네요."

  김 간호사의 신랄한 발언에 유진은 잠깐 하려던 말을 잃었다. 고개를 살짝 튼 그는 재차 용건을 꺼냈다.

  "그래서 말인데, 마을에 약국이 거기뿐인가 해서요."

  "아, 그건 아니에요. 정확히 말하면 마을에 약국은 3개예요."

  "그러면 약이 모자랄 일은… 아, 환자분들이 많긴 했죠."

  "그런 이유도 있겠지만, 호철이네 약국을 제외한 다른

2곳은 일반 의약품만 팔거든요."

"…네?"

유진은 황당함을 숨기지 못했다.

일반 의약품은 의사의 처방전 없이 쉽게 구매할 수 있는 상비약이다. 환자가 달라고 하면 약사는 내주기만 하면 되는, 말 그대로 간편 판매의 최고봉. 요즘에는 편의점에서도 일반 의약품을 판매하는 추세이니 김 간호사의 말대로라면 약국과 편의점의 구분이 무의미했다.

김 간호사가 부연했다.

"처방전 써 줄 의사가 없으니까 괜히 조제약 들여 봐야 버리게 되거든요. 주민분들도 아프면 그냥 감기약이나 박카스를 사서 드시곤 하고요. 그나마 호철이가 약사는 역시 조제약을 만들어야 한다면서 이것저것 구비해 논 거예요."

"그렇군요. 아, 하나만 더요. 의약품 수급은 빠르게 되는 편인가요?"

"그건 호철이가 잘 알 텐데… 그런데 그렇진 않을 것 같아요, 선생님. 주문량도 고만고만하니까 판매처에서도 딱히 배송을 신경 써 줄 것 같지도 않아서요."

"흠…"

침음한 유진은 고맙다는 말과 함께 김 간호사를 내보냈다.

김 간호사는 진료실을 나선 즉시 환자를 안으로 들였다. 유진은 군말 없이 진료를 계속했다.

그가 끝이 없을 것 같은 진료를 중단한 것은 시계가 오후 5시 30분을 가리켰을 때였다. 6시가 되기 전에 해야 할 통화가 있기 때문이다.

유진의 휴식 선언을 들은 김 간호사는 그제야 아차 싶었다. 때를 한참 놓친 식사에 생각이 미친 것이다. 여전히 대기실을 가득 메운 환자들을 어두운 얼굴로 보던 김 간호사는 진료실에 노크했다.

스마트폰을 꺼내어 연락처 목록을 훑던 유진은 두 번 생각할 것 없이 들어오라고 했다. 노크할 만한 사람은 김 간호사밖에 없었다. 스마트폰에서 얼굴을 뗀 유진은 김 간호사와 눈을 맞췄다. 그는 죄책감 가득한 표정을 짓고 있었다.

"선생님…"

"네."

"죄송합니다."

허리를 숙여 사과하는 김 간호사를 본 유진은 당황했

다.

"무슨… 갑자기 왜 그러세요?"

"선생님이 식사하셔야 한다는 것도 잊어버리고 환자를 계속 들였잖아요. 배고프시죠? 죄송해요. 지금이라도 모두 내보내고, 식사 준비를,"

"아, 그건 괜찮습니다."

"네?"

"아침, 잘 먹었어요. 어제 주신 도시락이요. 그러고 보니 통을 돌려드려야 하는데 아직 설거지를 못 했네요. 조금만 기다려 주세요."

유진이 대수롭지 않게 하는 말에 김 간호사는 더 큰 가책을 느꼈다. 오죽 먹을 게 없었으면 전날 줬던 도시락을 재탕했으랴. 그는 유진에게 맛있는 것을 먹여야만 한다는 사명까지 느꼈다.

한편 유진은 정말로 식사 생각이 없었다. 아침을 먹은 이후로 물 한 모금 넘긴 게 없지만, 배가 고프지 않았다. 드디어 몸뚱이가 정신에 굴복한 것인가. 그렇게 생각한 그는 심지어 흡족하기까지 했다.

서로가 알면 기겁할 동상이몽이었다.

유진은 몹시 단호한 표정을 짓고 있는 김 간호사를 향

해 말했다.

"전화 한 통만 하고 진료 재개하죠. 아직 몇 분 남았죠?"

"정확히 말하면 여러 팀이 남았습니다만… 오늘은, 지금 대기실에 계신 분들까지만 받아요."

"흠… 차라리 오늘 다 끝내는 게 낫지 않을까요?"

"아뇨! 절대 안 됩니다!"

김 간호사는 단호하게 외쳤다. 기백에 깜짝 놀란 유진은 얼떨결에 알겠다고 대답했다. 만족스러운 표정의 김 간호사는 5분 뒤에 환자를 들이겠다고 말하며 진료실을 나섰다.

김 간호사는 자신도 몇 시간째 굶고 있다는 생각은 하지 못했다.

진료실 문이 조심스럽게 닫히는 걸 확인한 유진은 누군가에게 전화를 걸었다.

"안녕하세요, 남유진입니다."

"안녕하세요, 선생님. 오랜만이에요."

"갑자기 전화해서 이런 말 하기 죄송하지만, 혹시 도움을 좀 받을 수 있을까 해서요."

"전혀요. 뭐든지, 언제라도요!"

인사과 직원은 여전히 의욕이 넘쳤다.

"감사합니다. 그럼, 의약품 지원을 좀 받을 수 있을까요? 이 마을 약국에 약이 모자라서요."

"어머! 그것까진 생각 못 했네요. 그럼요! 품목을 말씀해 주시면, 내일 퀵으로 보내 드릴게요."

유진은 저도 모르는 사이에 미소 지었다. 더 이상 약이 없다고 투정 부리는 약사에 의해 진료를 방해받는 일은 없을 것이었다.

진료를 빠르게 끝내고 조사 시간을 최대한 확보하는 것. 지금의 유진에게 그것보다 중요한 일은 없었다.

*

"수고하셨습니다."

김 간호사의 결단 덕분일까. 진료는 6시가 되기 전에 끝이 났다.

김 간호사로부터 남은 팀의 숫자를 들은 유진의 얼굴이 살짝 어두워졌다. 내일도 오늘만큼 바쁠 게 명백했다.

"오늘 고생이 많으셨습니다."

적당한 인사를 건넨 유진이 계단에 막 발을 올렸을 때, 김 간호사가 그를 붙잡았다.

"선생님, 혹시 저녁 어떻게 하실 생각이세요?"

"음… 딱히 배가 고프진 않아서요."

"그렇다고 하루 종일 굶으면 안 되죠. 지금 시간 되세요?"

"…편의점에서 사다 놓은 게 있어서요. 그걸 먹으려고."

"편의점이요? 슈퍼라면 몰라도, 편의점은 차를 타고 15분은 가야 할 텐데요. 게다가 선생님께서 뭘 구매하셨다는 말은 듣지 못했는데… 오늘 아침에도 제가 드린 도시락을 드셨다면서요."

유진은 변명도 하지 못하고 입을 다물었다. 자신이 한 말에 자신이 걸려든 셈이다.

선량한 눈의 김 간호사가 침묵을 틈타 발언했다.

"괜히 저 신경 쓸까 봐 그렇게 말씀하신 거죠? 근데, 진짜 괜찮아요. 제가 밥을 혼자 먹는 걸 싫어해서요. 부디 같이 드셔 주세요."

거짓말이 탄로 난 마당에 거절할 구실을 찾지 못한 유진은 자포자기한 심정으로 말했다.

"근처에 괜찮은 식당이 있나요?"

"저만 따라오세요!"

자신만만한 표정의 김 간호사를 따라가던 유진은 멈칫했다. 병원 문단속을 해야 한다는 데 생각이 미쳤기 때문이다. 유진이 문단속을 시작하자 김 간호사도 그를 도왔다.

함께 병원 창문을 닫던 김 간호사가 아무렇지도 않게 폭탄 발언을 했다.

"숙소가 병원 3층에 있으니 좀 걱정되네요."

"네?"

"이 마을 사람이라면 누구나 밖에서 창문을 열 수 있거든요."

"…네?"

"아시다시피 여기가 원래 초등학교였잖아요. 마을 어르신들까지 여기를 다니셨다고 하니까 역사가 꽤 됐죠. 그래서 그런가, 다들 경비가 허술한 지점을 알아요. 오늘만 봐도 그래요. 제가 먼저 후문 쪽을 조치했기에 망정이지, 안 그랬으면 다들 거기로 들어와서 현관 앞에 줄을 섰을걸요?"

"후문이 있다고요?"

여태까지 정문으로 출입을 한 유진은 다른 입구가 있다는 생각은 꿈에도 하지 못했다. 건물에 대한 설명을 듣긴 했지만, 그가 기억하기로는 후문에 관한 말은 없었다.

"아, 정식 명칭이 후문인 건 아니고요. 정문하고 반대 방향에 담이 낮은 부분이 있거든요. 조금만 요령이 좋으면 아이도 타고 넘을 수 있어요. 제가 아침에 그 담에 출입 금지 안내문을 걸어 놨어요. 혹시나 해서 만들어 왔는데 얼마나 다행이던지요."

"차, 창문은요?"

골이 띵하고 울리는 기분에 유진은 말까지 더듬었다.

"창문 몇 개는 예전 물건을 그대로 뒀던데요? 구식이라 요령만 좋으면 누구라도 열 수 있어요. 선생님 숙소인 3층은 전부 이중 새시로 바꿨지만요. 건물에 창문이 많으니 전부 바꾸는 건 어려웠겠죠."

하던 일도 잊은 유진은 멀거니 창문만 바라봤다. 수완 좋은 김 간호사는 그사이 1층의 모든 창문을 닫았다.

"선생님? 오늘 2층은 안 썼는데, 혹시 거기 창문을 열어 두셨어요?"

"…글쎄요. 제가 아니더라도 누구든지 열지 않았을까요…"

유진이 음울하게 대꾸하자 그것을 농담이라고 생각한 김 간호사는 까르르 웃는다.

"농담도요! 제가 1층에서 눈 시퍼렇게 뜨고 있는데 누가 2층에 올라갈 수 있겠어요. 계단은 중앙 계단 하나뿐이고, 접수처가 바로 옆인데요."

"그렇군요…"

"흠, 그럼 3층만,"

"제가, 다녀오겠습니다."

살풍경한 숙소의 상태를 떠올린 유진이 다급하게 김 간호사를 말렸다. 어깨를 으쓱인 김 간호사는 계단으로 향하던 걸음을 현관으로 돌렸다.

"그럼, 저는 로비에서 기다릴게요. 아, 선생님! 설거지는 괜찮으니, 도시락 통은 돌려주세요."

유진은 기운 없이 고개를 끄덕이며 터덜터덜 계단을 올랐다.

3층에 도착한 그는 빠르게 창문 단속을 끝냈다. 빈 도시락통을 손에 든 그는 아이스박스를 뚫어져라 쳐다봤다. 그제야 새것 같던 아이스 팩의 의문이 풀렸지만, 전혀 기쁘지 않았다. 모르핀을 훔쳐 간 범인이 그의 주거지까지 침입했을지 모른다는 뜻이었으니까. 물론 그것도 도둑과 침입자가 같은 사람이라는 가정에서만 성립하는 이야기다.

울적한 표정의 유진은 차라리 두 사건의 범인이 같은 사람이기를 바랐다. 한 명을 찾는 것도 이다지도 힘든데 두 명은 대체 무슨 수로 찾는단 말인가. 바야흐로 선택과 집중이 필요한 시점이었다.

중요한 것은 모르핀 도둑이지 주거 침입자가 아니다. 애써 범죄 행위에서 눈을 돌린 유진은 한층 더 기운 빠진 걸음으로 계단을 내려갔다.

유진을 발견한 김 간호사의 얼굴이 환하게 밝아졌다. 웃는 얼굴을 본 유진은 생각했다.

마을 사람 모두를 용의자로 만들어 버린 사람의 얼굴이, 참으로 밝다고.

*

"요즘에 자꾸 속이 안 좋고, 물 섞인 변을 봐요."
"다른 증상은 없으시고요?"
다음 날도 전날과 똑같았다. 꼭두새벽부터 병원에 줄

을 서 있는 환자들과 끝도 없이 진료실을 방문하는 사람들. 만약 유진이 다른 것에 정신이 팔리지 않은 일반적인 의사였다면 진작에 뛰쳐나갔을 근무 환경이다.

처방전을 발부하던 유진은 전날 식사 때 김 간호사와 나눈 대화를 복기했다.

그가 없는 사이 병원에 들어왔던 아니, 최소 방문했던 사람을 추리기 위해서 유진은 김 간호사에게 아이스박스에 얽힌 일화를 들려줬다. 거주지에 허락도 없이 발을 들인 꺼림칙한 침입자를 한바탕 욕한 김 간호사는 오늘 중으로 용의자를 추려 주기로 약속했더란다.

저녁 식사의 맛이나 김 간호사가 챙겨 준 컵라면 등은 이미 유진의 머리에서 휘발된 지 오래다. 그의 관심사는 오로지 그가 넘겨줄 용의자 리스트뿐이었다.

일단 누가 병원을 얼쩡거렸는지만 알 수 있다면…

"…그래서, 그렇게 목이 따갑더라우."

상념에 빠져 환자의 말을 일부 놓친 유진은 침착하게 되물었다. 환자는 자신의 증상을 더욱 장황하게 늘어놓았다. 고개를 끄덕이며 차트에 증상을 기재한 유진은 일단 진료에 집중하기로 했다. 병원 일이 빨리 끝날수록 용의자 리스트를 빠르게 얻을 수 있을 터다.

"대체 왜 또…"

성실하게 진료를 이어가던 유진의 눈에 보여서는 안 될 사람이 보였다. 전날과 똑같이 진료실을 급습한 호철이었다.

"아니~ 이번에는, 고맙다고 말하려고 왔습니다."

유들유들한 미소를 입에 건 그의 얼굴은 하루 전에 비하면 훨씬 나아 보였다. 아침에 받은 전화를 떠올린 유진은 무뚝뚝하게 대꾸했다.

"관계자와 통화하셨겠지만, 이건 일시 지원입니다. 약값은 그쪽에서 하라는 대로 입금하면 되고요. 감사 인사는 됐으니 이만 돌아가 주,"

"선생님, 환자분이 왜 문 앞에 계시, 유호철!"

온화한 얼굴로 들어온 김 간호사는 호철을 발견하고 험상궂게 인상을 찡그렸다.

"야아… 오랜만. 미안, 잠깐 선생한테 볼일이 있어서."

"미쳤어, 정말! 새치기할 게 따로 있지, 어떻게 아픈 사람을! 안 나가?!"

"아, 아니! 진짜 금방 끝나. 이게 다 환자랑 관련된 거라니까!"

"…정말이야?"

"그럼! 내가 설마 내 볼일 보자고 이러겠어? 다 환자들을 생각하는 마음에서 움직인 거라고."

"말은 번지르르하게 한다. …선생님, 헛소리하면 그냥 바로 내쫓으세요."

불신의 눈빛을 던지던 김 간호사는 마지못해 자리를 피해 줬다. 유진은 그가 나가면서 호철도 데려가면 좋겠다고 생각했다.

그러나 어제의 경험으로 미루어 보아 호철은 하고 싶은 말을 다 하기 전까지는 절대 나가지 않을 것이었다.

유진은 반쯤 포기한 심정으로 호철에게 먼저 말을 걸었다.

"하실 말씀이 있다고요."

"네, 그렇습니다."

호철은 의뭉스러운 웃음을 지었다. 애써 그 웃음을 모르는 체한 유진은 호철의 말에 귀를 기울였다.

"참, 이 좁은 마을에 있을 건 다 있지 않습니까?"

"…그런가요?"

마을을 구경할 짬이 없던 유진은 애매하게 대꾸했다. 크게 고개를 끄덕인 호철은 장황하게 말을 늘어놨다.

"그러믄요! 이제는 병원도 생겼고, 약국은 원래 있었

고, 나름대로 파출소도 있고… 또 어딜 가나 영향력이 있는, 요게 많은 사람도 있고요."

호철은 엄지와 검지를 이어 붙여 경박하게 흔들었다.

유진은 부디 호철이 빨리 본론으로 들어가길 바랐다. 시간을 뺏기는 일을 막고자 인사과 직원의 도움을 받기까지 했는데 아무래도 의미 없는 몸부림이었던 모양이다. 유진은 속이 쓰라렸다.

"그런 사람들은 말입니다, 대체 왜 그렇게 제멋대로랍니까! 아니, 환자가 병원에 와서 진료 받는 게 이렇게나 당연한데! 왜! 사람을 오라 가라 하냐구요."

유진은 호철이 하려는 말이 뭔지 어렴풋이 감을 잡았다.

"왕진을 말하는 거군요."

"그렇죠, 그거! 돈만 있으면 답니까? 우리가 왜 그런 특혜를 줘야 하냐, 이 말입니다!"

순간 유진은 반박하고 싶었다. 가장 거북했던 것은 우리라는 단어다. 왕진은 의사의 일이다. 호철과 자신이 한데 묶일 이유가 없다.

하고 싶은 말이 혀끝을 맴돌았지만, 유진은 그것을 쓰게 삼켰다. 말 섞어 봐야 대화만 길어질 게 뻔했다.

"아니, 그 부자 놈 자식만 아프답니까? 지금 마을에 거동이 불편해서 여기까지도 못 오는 사람이 허다한데! 우리 옆집 홍 씨 할머니만 봐도 그렇고, 찾아보면 훨씬 더 많을 거란 말입니다. 그런데 그놈은 대체 무슨 권리를 가졌다고 의사를 부르니 마니 하는 건지, 원!"

"…환자가 아프면, 의사가 찾아갈 수도 있는 거지요."

"아, 역시 선생님! 말이 통할 줄 알았습니다요!"

깜짝 놀란 유진은 기대감이 가득한 호철과 눈을 맞췄다. 참다못해 한마디 한 것뿐인데 호철은 왜 이다지도 기뻐한단 말인가.

대화를 반추하던 유진은 슬그머니 호철을 떠봤다.

"그러니까… 약사님은 왕진을 싫어한다는 말입니까?"

"아이고, 저 같은 무지렁이가 어떻게 의사 선생님 하시는 일에 왈가왈부하겠습니까."

호철은 손사래를 치며 과장했지만, 그의 두 눈은 묘하게 빛나고 있었다.

"근데 방금은… 부자를 왕진 가는 게 불공평하다고 하지 않았습니까."

"부자'만' 왕진 가는 게 불공평하다는 거지요, 제 말씀은."

"…거동이 불편한 다른 분들도 왕진이 필요하다는 말이군요."

"그렇죠! 바로 그겁니다!"

그걸 왜 당신이 요구하는가.

유진은 환하게 웃으며 정답을 외치는 호철을 보고 욱하는 마음을 숨길 수 없었다. 진료를 방해한 걸로도 모자라서 당사자도 아닌 사람이 왕진 요구까지 하다니. 심보가 참 고약하지 않은가.

그런 환자를 가족으로 뒀으면 말이 달라지지만. 유진의 표정이 진지해졌다.

"가족 중 어느 분이 아프십니까?"

"예에? 제 가족은 애초에 이 깡촌에 있지도 않습니다. 농사는 진절머리 난다면서 다들 도시로 떠났죠."

얼굴 근육을 단속할 생각도 못 한 유진은 멍청한 표정 그대로 호철을 바라봤다.

그 순간 김 간호사가 진료실에 난입했다.

"유호철. 더 이상 진료를 미룰 순 없어. 볼일 끝났으면 빨리 나가."

김 간호사는 호철에게 단호히 축객령을 내렸다. 호철은 마지막까지 유진의 혈압을 높이고 자리를 떴다.

"네이~ 아, 그럼, 선생님. 그 건, 잘 좀 부탁드립니다~"

"어휴, 정말! 선생님, 이제 환자분들 들여도 될까요?"

"…오 분 뒤예요. 그리고, 김 간호사님."

"네?"

기력을 회복할 시간을 요청한 유진은 김 간호사에게 지시했다.

"마을에 왕진이 필요한 분들 좀 알려 주세요. 급한 분들부터 순서대로 보겠습니다."

"어머…! 선생님…"

감동한 김 간호사가 더 말을 붙이기도 전에, 유진은 그를 진료실 밖으로 내보냈다.

그는 혼자만의 시간이 필요했다. 뻔뻔하기 짝이 없는 호철이 요구한 바를 그대로 따랐다는 자괴감을 떨쳐 내야 했기 때문이다.

그는 정확히 10분 뒤에 진료를 다시 시작했다.

*

　진료는 시계가 오후 9시를 가리켰을 때 끝났다.

　파김치가 된 유진은 진료실 의자에 널브러져 속으로 열심히 호철을 욕하는 중이었다. 호철이 그의 기운을 빼놓지만 않았어도 이렇게까지 지치지는 않았을 터였다. 유진은 부디 호철을 다시 볼 일이 없기를 바랐다.

　김 간호사가 진료실 테이블에 물이 담긴 종이컵을 내려놓고 유진의 맞은편에 앉았다.

　"선생님, 오늘도 수고하셨어요."

　"아, 네. 김 간호사님도요."

　"내일부터는 이렇게까지 바쁘진 않을 거예요. 오실 만한 분들은 이미 다 왔다 가셨거든요."

　유진은 마을 주민 수의 절반은 될 것 같던 차트 넘버를 떠올리고 쓰게 웃었다. 하루 이틀 더 지금처럼 진료를 봤다간 굳이 모르핀 없이도 죽을 수 있을 터였다. 사인은 두 번 생각할 것도 없이 과로사다.

　"근데, 선생님 의료용품이 곧 바닥날 것 같아요."

　"아, 그거. 아까 퀵 온 거 받으셨나요?"

　"서울 병원에서 온 거요? 네. 일단 병원 현관에 쌓아

났어요. 안쪽에 놓기엔 부피가 너무 크더라고요. 박스가 많기도 했고요."

유진은 작게 웃었다. 적당히 보내 달라고 신신당부했건만 의미 없는 몸부림이었나 보다. 인사과 직원의 열정은 무엇으로도 막을 수 없는 게 분명했다.

"그거, 다 의료용품입니다."

"어머…! 대체 언제…"

유진은 대답 없이 어깨를 으쓱했다. 하루 종일 말을 너무 많이 해서 입에서 단내가 날 지경이었으니 구구절절 설명까지 하고 싶진 않았다.

유진이 눈가를 문지르는 것을 본 김 간호사는 마음이 다급해졌다. 빨리 그를 쉬게 해 줘야겠다는 생각에 바로 본론을 꺼냈다.

"선생님, 이건 아까 말씀하신 왕진 수요자 목록입니다."

김 간호사가 진료실 테이블에 파일을 내려놨다. 그것을 확인한 유진의 눈이 화등잔만 해졌다.

서류에는 환자의 이름이 빼곡히 나열돼 있었다. 끝없는 목록은 첫 장을 넘기고, 두 번째 장을 지나쳐, 마침내 세 번째 장에 이르러서야 끝났다.

"…왜… 왜 이렇게 많죠?"

내심 왕진 수요자가 많지 않을 거라고 생각했던 유진은 경악했다. 호철이 언급한 홍 씨 할머니를 포함해 많아 봐야 다섯 명일 거라고 짐작했건만.

겸연쩍은 웃음을 입에 건 간호사는 조심스럽게 말했다.

"마을 분들은 대부분 거동이 불편하시거든요. 병원에 찾아오신 분들은 젊은 축에 속하는 분들이에요. 그리고 당신들은 모르실지라도, 꼭 진료가 필요한 주민분도 계세요. 제 임의이기는 하지만, 그런 분들도 포함했습니다."

"간호사님이 보기에 걱정되는 수준이던가요?"

"네. 왜 아직 자녀분들께 연락을 안 하는지 이해가 안 될 정도로요."

"…그럼 어쩔 수 없네요."

유진은 침울하게 목록을 받아들였다.

꼼꼼한 김 간호사는 비고란에 그가 본 증상까지 적어 놨다. 아닌 게 아니라, 몇 개의 대목이 눈에 띄었다.

호철에 대한 원망을 뼈에 새긴 유진은 문단속하기 위해 몸을 일으켰다.

"아, 선생님. 그리고 이거요."

그를 따라 함께 일어난 김 간호사는 하마터면 전달하는 걸 잊을 뻔한 종이 한 장을 건넸다.

유진의 얼굴이 한순간 밝아졌다가 다시 우중충 어두워졌다.

"왜 그러세요? 어제 말씀하신 병원 방문객 리스트에요, 선생님."

"그건 아는데… 너무, 너무 많아서요."

"네? 하하. 원래 여긴 학교였으니까요. 종종 산책 삼아 왔다 갔다 하시는 분도 계세요. 운동장도 있고요."

유진은 절망적인 심정이었다. 리스트에는 적어도 50명의 이름이 있었고, 대부분이 그가 모르는 이름이다.

그는 낯익은 이름 하나를 발견했다.

"유호철 씨도 여기에 있네요?"

"아아, 그렇죠. 걔도 이 학교 출신이거든요. 약국이 가깝기도 하고… 뭐, 농땡이나 피우러 왔겠죠. 근데, 리스트에 있는 분들이 다는 아닐 거예요. 근처 주민분들이 봤다는 사람만 추린 거라서요. 그분들이라고 하루 종일 학교만 보고 있진 않으셨을 테고요."

"…"

훨씬 더 끔찍한 기분이 된 유진은 문단속하는 둥 마는 둥 하고 계단을 오르기 시작했다. 그를 도와 성실하게 마감을 끝낸 김 간호사는 유진의 등에 대고 힘찬 퇴근 인사를 건넸다. 유진은 힘없이 손을 흔들어 인사를 갈음했다.

3층에 도착한 그는 곧바로 침대에 몸을 던졌다.

하루는 고단하고 할 일은 이렇게나 많은데 대체 언제 범인을 잡는단 말인가.

자조적으로 웃은 유진이 가물대는 눈에 순응하려던 때, 익숙한 벨 소리가 잠기운을 몰아냈다. 유진은 더듬더듬 스마트폰을 찾았다.

화면에 뜬 발신자를 확인한 그는 억지로 몸을 일으켰다.

"네, 과장님."

"응, 남 선생. 이렇게 늦은 시간에 전화해서 미안하네."

"아닙니다."

"그래, 병원 일은 좀 할 만하고?"

"네."

"아이고, 시원시원해서 좋구먼. 내, 자네 바쁠 것 같아서 섣불리 안부 전화를 못 하겠더라고. 전화 받을 짬도 없이 바쁘겠지?"

"음…"

"목소리 들으니 여간 피곤한 게 아닌 것 같네. 아이고, 보건소 하나 없던 데에 병원이 생겼으니, 환자가 얼마나 몰려들었겠나. 내가 다 알지, 암."

"하하…"

유진은 힘없이 웃으며 과장의 말을 들었다. 힘든 걸 다 안다는 사람이 대체 왜 전화씩이나 한 걸까. 격려나 상황 파악이 목적이 아닌 게 분명했다. 필시 명확하고 시급한 용건이 있으리라.

허리를 똑바로 세운 유진은 수화기 너머의 목소리에 집중했다. 과연, 과장이 아닌 밤중에 홍두깨 격으로 전화했을 만한 용건이었다.

"그, 내가 당부했잖나. 도착하자마자 신경 써야 할 사람이 한 명 있다고. 개업한 지 이틀이 다 되었는데도 왕진을 안 오니 그쪽에서도 심통이 난 것 같아. 오늘 나한테 연락해서 말하더군. 내일까지도 자네가 방문하지 않으면 자기도 가만히 있지 않겠다고 말이야. 아니, 뭐… 병원 세우는 데 도움을 준 건 고맙지만, 오밤중에 전화해서 그런 말을 하니 듣는 나도 기분이 좋진 않더군."

"…죄송합니다."

"에헤이. 자네가 죄송할 게 뭐가 있어. 오죽 바빴으면 그랬겠냐고, 남 선생같이 꼼꼼한 사람이. 쯧… 내가 기분이 나쁜 건, 돈 냈으니 자기 비위를 맞춰 줘야 한다는 듯이 구는 그 인간 태도야. 자네 때문이 아니라고. 그런데…"

"네."

"꽤 급한 모양이야. 딸이 자꾸 숨을 잘 못 쉬고 어지러워한대. 또 복통도 있다고 하고."

"…내일, 바로 찾아가겠습니다."

"응, 그래. 아휴, 증상도 없이 오라 가라 하는 거였으면, 나도 속 시원히 무시했을 텐데 그런 게 아니니 어쩌겠나. 자네가 신경 좀 써줘."

"알겠습니다."

"으응, 그래. 쉬어야 하는 사람을 오래 붙잡고 있을 수는 없지. 푹 쉬고 내일도 수고해."

"네, 들어가세요."

오래 통화하지도 않았는데 뜨끈하게 느껴지는 스마트폰을 귀에서 뗀 유진은 생각했다.

하루는 고달프고 할 일은 미친 듯이 쌓였으니 혼자 범인을 찾는 건 불가능하다고.

5장

도무지 시간이 없을 때 하는 일

*

 모르핀 도난 사건이 유진의 손을 떠나기까지 오늘부터 사흘이 남았다.

 십 분 전 잠에서 깬 그는 곧바로 남은 시간을 헤아렸다. 촉박한 시간에서 비롯된 강박이 깊게 잠드는 걸 방해했기 때문에 그는 수면 부족으로 몽롱한 상태였다. 시끄러운 초인종 소리가 어렴풋한 잠기운을 완전히 몰아냈다.

 몸을 일으키던 유진은 메시지 알림음을 듣고 스마트폰을 들었다. 발신자는 김 간호사로, 현관 앞에 도착했다는 내용이다. 유진은 아침을 싸 오겠다던 김 간호사의 말을 떠올렸다.

 간이 싱크대의 수전을 조작해 물을 튼 유진은 대충 세수를 끝냈다. 그는 느릿느릿 계단을 내려갔다. 아침부터 음울한 낯인 그의 머릿속에는 오로지 귀찮다는 생각뿐이었다.

 한편으로 찜찜함도 느꼈다. 김 간호사가 또 후문의 담을 탄 게 분명했다. 유진의 짐작은 곧 사실로 밝혀졌다.

 "죄송해요, 선생님. 정문에는 초인종이 따로 없어서요. 저도 모르게 그만…"

 유진은 씹던 밥을 완전히 삼키고 나서 입을 열었다.

 "후문의 담을 넘어서 오가는 게 마을에서는 일상적인 일인가요?"

 "…정말 죄송합니다."

 죄책감 가득한 표정을 본 유진은 입이 썼다. 이미 벌어진 일을 추궁해 봐야 아무 의미가 없다는 걸 아는 그는 그저 상황 파악을 하고 싶을 뿐이었다. 의도가 잘못 전달된 게 틀림없었다.

 "사과는 이제 괜찮습니다. 다만, 그런 식으로 저 모르게 병원에 들어오는 사람이 또 있을까 봐 걱정돼서요."

 "아, 저번에 그 아이스 팩처럼요?"

"네. 꼭 3층만 문제인 건 아니고요. 이제 이 건물은 병원이니까요. 일반인이 손대면 안 되는 약품도 있고, 환자분들 개인 정보도 보관돼 있잖아요."

이미 도둑맞은 약품도 있고 말이지… 유진은 음울하게 생각했다.

"일단 출입 금지 안내문은 그대로였어요."

김 간호사의 대답에 유진은 그의 얼굴을 빤히 바라봤다. 그 자신도 안내문을 시원하게 무시해 버렸으면서 정말로 그게 도움이 된다고 생각하는 걸까.

무언의 비난을 읽은 김 간호사는 얼굴을 살짝 붉히며 주장했다.

"물론 제가 이런 말을 해봤자 못 믿으시겠지만… 적어도 그제와 어제, 저 말고 후문으로 출입한 사람은 없었으니까요. 안내문이 효력을 발휘하는 게 아닐까요?"

"그렇다면 다행이지만요."

김 간호사의 말에도 일리는 있었다. 48시간 동안의 CCTV를 다 확인한 것은 아니니 확신까진 못 하지만, 출처 모를 시선이나 인기척을 느낀 적은 없었다. 유진은 시간을 돌려 안내문을 그끄저께에 붙이고 싶은 심정이었다.

어쨌든 이제는 도둑을 걱정할 필요는 없다. 이미 도둑맞고 싶지 않은 유일한 물건을 빼앗겼으니, 또 도둑이 들든 말든 그게 무슨 상관이란 말인가.

자조적으로 웃은 유진은 남은 밥을 한 번에 욱여넣었다. 깜짝 놀란 김 간호사가 바로 물을 따라 그의 앞에 내려놨다.

"선생님, 배가 아주 고프셨나 봐요. 그래도 조금씩 천천히 드세요. 그러다 체해요."

입안을 가득 채운 맨밥 때문에 유진은 고개만 끄덕였다. 김 간호사는 살짝 웃고 다시 식사에 집중했다.

유진이 청천벽력 같은 소식을 전한 것은 식사가 모두 마무리된 직후다.

"…네?"

재미없는 농담이라며 웃어넘기려던 김 간호사는 진지한 유진의 표정을 보고 순식간에 새파래졌다.

"도둑맞았습니다. 모르핀을."

유진은 다시 한번 충격적인 사실을 고했다.

"네에?!"

침착한 성격을 자신의 장점으로 꼽곤 했던 김 간호사는 병원이 떠나가라 기함했다.

눈이 동그래진 그가 입만 벙긋대는 와중에도, 유진은 컵에 담긴 물이 따뜻한 차라도 되는 양 홀짝였다.

도무지 시간이 나질 않아 어쩔 수 없이 김 간호사를 끌어들인 것뿐이지만, 비밀을 나눈 상대가 한 명 있다는 것만으로도 마음이 넉넉해졌다.

"…이거, 바로 신고해요. 안 돼요, 이런 걸 우리끼리 해결해선."

창백한 낯의 김 간호사는 단호하게 말했다. 그러나 유진도 지지 않고 반박했다.

"저는 오히려 간호사님의 말씀을 듣고 저희끼리 해결해야 한다고 확신했어요."

"네?"

"후문의 존재와 옛날 창문을 여는 방법, 마을 사람 모두가 안다고 하셨죠?"

"그건… 그렇지만…"

김 간호사는 더듬더듬 대답했다.

"그러면 마을 사람 모두가 용의자예요."

"그건 불가능해요. 오백 명이 넘는 마을 사람들을 무슨 수로 다 수사하겠어요?"

"제 말이 그 말입니다."

"무슨…?"

"만약 수사 기관에서 조사 인력 부족 및 증거 불충분으로 이 절도 건을 해결하지 못하고 종결하면, 병원은 어떻게 될까요?"

"네?"

"개업하기도 전에 마약류 의약품인 모르핀을 도둑맞았습니다. 그런데 범인도 못 찾고, 약물도 돌려받지 못하면… 글쎄요, 개업 허가가 취소될지도 모르는 일이죠."

"설마요…"

반박하는 김 간호사의 말에는 힘이 없었다. 유진의 말은 설득력이 있었다. 저도 모르게 귀를 기울이던 김 간호사는 이어지는 말에 완전히 넘어가 버렸다.

"뭐, 설사 개업 허가가 취소되지 않더라도, 더 이상 마약류 약품을 취급할 수는 없겠죠. 그렇게 되면 지원이 모두 끊길 겁니다. 마을의 유지가 원하는 게 바로 그 약이니까요. 안 그래도 어제 왜 왕진을 오지 않냐는 항의 전화를 받았어요. 그만큼 자녀분을 아끼는 거겠죠. 그분의 딸이 가장 필요로 하는 약을 제공할 수 없다면, 뭐 하러 상면 병원을 지원하겠습니까."

어차피 지원은 1년짜리에 불과했지만, 유진은 그 사실

을 털어놓지 않았다.

"신고 기한은 도난 사실을 안 후로부터 5일 이내입니다. 이제 3일이 남았네요. 아예 신고하지 말자는 게 아니라 남은 사흘 동안 우리끼리 찾아보자는 것뿐입니다. 그 사이에 범인을 찾아서 약을 돌려받을 수만 있다면 수사 기관에 사건을 의뢰할 필요도, 애써 어렵게 개업한 병원이 무용해질 일도 없을 테니까요."

김 간호사는 어느새 몸을 유진 쪽으로 완전히 기울였다.

"…저희끼리 그게 가능할까요?"

유진은 속으로나 겉으로나 함박웃음을 지으며 확답했다.

"김 간호사님과 함께라면 가능할 거라고 확신합니다."

드디어, 탐문을 일임할 적임자가 생겼다.

*

식기를 정리하던 김 간호사가 여전히 창백한 얼굴로 유진을 타박했다.

"아무리 그래도 선생님, 이렇게 무서운 일을 혼자만 알고 계셨어요? 당연히 저에게도 말해 주셨어야죠."

유진은 차마 진실을 말할 수 없었다.

몇 시간 전까지만 해도 김 간호사는 아주 유력한 용의자였다. 범인이라면 침입 과정을 상세하게 설명하지 않았을 거라는 알량한 추리가 아니었다면, 그는 용의선상에서 빠져나오지 못했으리라.

"간호사님 근무 개시일 전에 일어난 일이고, 또 정신없이 바빠서 말할 기회도 없었습니다."

"바쁘긴 했지만, 선생님께서 할 말이 있다셨으면 당연히 시간을 냈을 거예요."

"혼자서 해결할 수 있을 줄 알았는데 만용이었어요. 죄송합니다."

슬쩍 원망 어린 눈빛을 쏜 김 간호사는 곧 평소와 같은 표정으로 돌아왔다. 냉철한 상황 판단력도 함께였다.

"선생님은 오늘 왕진으로 바쁘실 테니, 결국 용의자를 추리는 건 제 몫이겠네요."

"네. 어차피 저는 오전 내내 병원에 없을 테니, 아예 문을 닫고 편히 조사하세요."

"본격적이네요."

"시간이 얼마 없으니까요."

"그런데, 진 선생님 진료는 어떻게 하실 생각이세요?"

귀에 꽂히는 낯선 호칭에 유진은 멈칫했다.

"진 선생님이 누구시죠?"

"아, 진 위원장님 따님이요. 학교가 폐교되기 전까지는 여기서 선생님으로 일하셨거든요."

"그렇군요."

새로운 사실을 알게 된 유진은 고개를 주억거리며 대꾸했다.

"다행인지 아닌지는 모르겠지만… 전화로 전해 들은 증상으로 봐선 하루 이틀은 괜찮을 겁니다."

"네? 연명 치료에는 모르핀이 필수 아닌가요? 통증 조절을 어떻게 하시려고…"

"오늘 왕진 가서 직접 보고 난 후에야 확실히 말할 수 있겠지만, 환자분 증세는 진통제 중독증과 유사해요. 당장은 해독 치료부터 해야 할 겁니다."

"…이런 말을 해도 될지는 모르겠지만, 차라리 다행이네요."

같은 마음인 유진은 어깨를 으쓱여 수긍했다.

진료실 테이블이 깔끔히 정리되자, 유진은 김 간호사

에게 손을 내밀었다.

"그럼, 오늘 하루. 잘 부탁드립니다."

"…선생님도요. 왕진에 필요한 게 있다면 언제든지 연락해 주시고요."

김 간호사는 유진이 내민 손을 마주 잡았다. 숨기는 게 있어 보이는 그를 향한 의심을 거둘 수는 없지만, 아직은 크게 저어되지 않는 수준이었다.

왕진 가방을 꾸리기 위해 돌아선 유진은 김 간호사의 표정을 보지 못했다. 만약 유진이 그의 표정을 봤더라면 뭐가 달라졌을까. 하지만 그는 끝내 몸을 돌리지 않았다.

사건과 김 간호사를 뒤로하고 가방을 챙겨 병원을 나선 유진은 병원의 뒤편으로 걷기 시작했다. 허술하다는 후문의 상태를 직접 확인하고 싶었다.

후문의 담을 목도한 유진은 말을 잃었다.

병원을 둘러싼 담은 기본적으로 그의 키를 넘어서는 높이다. 그것뿐이라면 철옹성이 분명한 담의 유일한 옥에 티는 반파된 한구석이다. 반절이 무너져 바깥을 훤히 비추는 모습은 안타까울 정도였다. 손수 하나하나 쌓아 올린 붉은 벽돌담은 많은 공을 들인 듯이 보였으니까.

유일한 홈 너머에 시선을 준 유진은 바깥쪽에서 밑동

만 남은 나무를 발견했다. 그와 동시에 스토리 하나가 그려졌다.

비바람이 몰아치던 어느 날 나무는 기우뚱 쓰러져 담을 덮친다. 상황을 수습하려던 인부는 일단 나무를 깔끔히 잘라 내고 담을 보수하기 시작한다. 아말감으로 썩은 이를 때우듯 시멘트로 들쑥날쑥한 부분의 수평을 맞췄으리라.

담을 제대로 복구했으면 더 좋았을 것을… 유진은 씁쓸히 중얼거렸다.

문득 그의 눈에 김 간호사가 매달아 뒀다는 안내문이 들어왔다. 노끈으로 엮인 두 장의 안내문은 안쪽과 바깥쪽 양면에 걸쳐 있었다. 새삼 김 간호사의 마음 씀씀이에 감탄한 그는 그것을 그대로 두고 시멘트 턱에 한쪽 다리를 걸쳤다. 어렵지 않게 반대쪽 다리로 훌쩍 담을 뛰어넘은 유진은 생각했다. 요령만 있으면 누구나 담을 넘을 수 있다던 말이 영 틀린 말은 아닌 모양이라고.

유진은 한구석에 올려놨던 왕진 가방을 챙겼다. 출발 전 무너진 담을 흘긋 본 그는 확신했다. 내부에서 외부로 나오는 것보다 그 반대가 훨씬 쉬울 것이다. 바깥쪽에는 도움닫기를 도와줄 나무까지 있으니까.

유진은 헛웃음을 쳤다. 밑동만 남았을지언정 아이고 어른이고 할 것 없이 모두에게 도움을 주는 나무라니, 마치 동화 같지 않은가. 이게 요즘 유행한다는 바로 그 잔혹 동화인가.

쓸쓸히 웃은 유진은 고개를 떨궜다. 목적지로 향하는 그의 걸음은 우울한 기분만큼이나 힘이 없었다.

*

으리으리한 서양식 건물을 눈앞에 둔 유진은 그 규모에 혀를 내둘렀다. 갑자기 다른 세상에 떨어진 것 같은 기분을 떨칠 수 없었다. 주위를 둘러보면, 근방에는 전형적인 시골 주택만 즐비했다. 저택과 주택이라는 단어의 어감 차이만큼이나 두 거주 형태의 불협화음이 두드러졌다.

저택에 딸린 정원 역시 쓸데없이 넓긴 매한가지였다. 주인은 조경에 취미가 없는 듯 정원은 휑하기만 했다. 여름이라는 계절적 배경을 고려하면 추측에 더욱 무게가 실린다.

넋을 놓고 저택을 관찰하던 유진은 2층의 누군가와 눈이 마주쳤다고 느꼈다. 그러나 저택의 창문은 안쪽을 들여다볼 수 없게 만든 제품이다.

창문에서 눈을 돌린 유진은 초인종을 눌렀다. 인터폰에서 중년 여성의 목소리가 흘러나왔다.

"네, 누구세요?"

"상면 병원의 의사입니다. 왕진을 왔습니다."

"어머, 잠시만요!"

호들갑스러운 탄성이 터지고 머지않아 대문이 열렸다. 커다란 대문과 살풍경한 정원을 통과한 유진이 현관문 앞에 당도했다.

언짢은 표정을 숨길 생각도 하지 않는 초로의 남성이 마중을 나왔다. 유진은 한눈에 그가 그 유명한 지역 유지라는 것을 알아봤다. 김 간호사의 설명에 따르면, 노인은 마을 발전 위원회의 위원장이기도 했다.

"안녕하십니까."

당장이라도 꺼지라는 말이 나올 법한 험악한 인상과는 다르게 위원장은 선선히 인사를 건넸다. 유진은 고개를 꾸벅 숙이며 마주 인사했다.

고개를 끄덕인 위원장은 따라오라는 말을 남기고 앞장

섰고, 유진은 그를 따라 2층의 한 방으로 들어갔다.

눈이 마주쳤다는 느낌은 착각이 아니었던 게 분명했다.

"안녕하세요, 선생님."

침대에 누운 한 여성이 곱게 웃으며 인사했다. 그를 둘러싼 링거 줄과 모니터가 아니더라도 여성은 충분히 환자처럼 보였다. 옅은 다크서클과 푹 꺼진 양 볼이 그러한 인상에 일조했다.

하지만 그가 삶보다는 죽음에 가까운 상태라는 것은 누구도 쉬이 짐작할 수 없으리라. 그의 두 눈에는 생기가 넘실거렸기 때문이다. 천성이 얼마나 밝고 의지가 강해야 말기 암 앞에서 그런 눈을 할 수 있을까. 대화를 나누지도 않았는데 존경심이 드는 기분에 유진은 허리를 숙여 인사했다.

여성은 작게 웃으며 말을 걸었다.

"연세 있는 남자 선생님이 오실 거라고 생각했는데, 제 예상이 완전히 빗나갔네요."

"아… 그렇군요."

쌕쌕거리는 소리로 보아 호흡이 편하지 않은 듯했다. 유진은 더 일찍 방문하지 못한 데 미안함을 느꼈다.

동시에 모르핀 도둑에 대한 원망이 빼꼼 고개를 들었다. 계획대로라면 이렇게 몸 둘 바를 모를 일도 없었을 것이다.
　"아, 오해는 하지 마세요. 전 오히려 좋은걸요? 멋진 친구가 생긴 것 같아서요."
　"음… 감사합니다."
　적당히 대꾸한 유진은 가방을 열고 청진기를 꺼냈다.
　"숨을 크게 들이쉬어 보세요."
　"네… 헉, 후우."
　숨을 들이켠 여성은 갑자기 기침하기 시작했다. 옆에 서 있던 위원장의 얼굴색이 흙빛으로 변했다.
　유진은 작게 끊어서 숨을 쉬라고 조언한 후, 전문 간병인이 작성했음이 분명한 수기 차트를 한 장씩 넘겨 보기 시작했다. 이전까지는 옆 도시의 종합 병원에서 진통제를 맞고 퇴원하길 반복했나 보다. 유진은 일지를 유심히 읽었다.
　기침이 진정된 환자에게 증상을 소상히 묻고 나서야 그는 결론을 내렸다.
　"진통제 중독증입니다. 해독부터 하셔야겠어요."
　"해독이요? 원래대로라면 진통제를 맞아야 하는 타이

밍이에요. 고통은 어쩌고요?"

환자보다 보호자가 더 안달하며 따졌다. 유진은 조곤조곤 설명했다.

"진통제는 중독이 일어나지 않는 종류로 처방할 겁니다. 물론 기존에 맞던 것보다는 약한 종류지만, 지금은 호흡을 정상으로 돌리는 게 급선무에요. 중독증을 해독하지 않으면 호흡 곤란이 더욱 심해지기만 할 거고, 그러면 결국 자발 호흡을 못 하게 될 수도 있어요."

"…그럼, 그러면 대체 어떻게,"

"아빠. 나 괜찮아."

"해영아…"

꼿꼿해 보이던 남성은 가냘픈 자식의 부름에 쉽게 무너졌다. 유진은 그들에게서 시선을 돌렸다. 자리를 비킬 수 없는 그가 두 사람의 대화를 존중할 수 있는 유일한 방법이었다.

환자가 보호자를 설득하는 사이, 유진은 창밖에서 분주히 움직이는 마을 사람들을 바라봤다. 짙게 코팅된 창문 너머로 보는 것인데도 생동감이 넘쳤다.

몇 분 지나지 않아 위원장이 잘 부탁한다는 말을 남기고 자리를 떴다. 주삿바늘이 자식의 몸에 꽂히는 것은 결코 익숙해질 수 없는 일이었다. 위원장은 유진이 여자라는 데 새삼 감사했다. 남자 의사였다면 딸과 단둘이 남겨 둘 수는 없었으리라.

"아빠가 걱정이 많으세요."

"네."

"그래도 이젠 선생님이 가까이에 계시니까 다행이에요. 말씀은 안 하셔도 한시름 덜었을걸요? 감사합니다."

"저한테 감사하실 필요는…"

어쩌다가 타이밍이 맞아 상면 병원에 근무하게 된 유진으로서는 넙죽 받기 겸연쩍은 감사였다.

"시골 병원으로 내려올 결심을 하는 게 쉽진 않잖아요. 저는 정말 감사한, 콜록!"

"말씀 그만하시는 게 좋을 것 같습니다. 감사 인사는 이미 충분해요."

유진은 중독 해독제를 주사했다. 몇 분 후 해영의 호흡이 눈에 띄게 좋아진다.

해영은 손뼉을 치며 감탄했다.

"숨 쉬는 게 너무 편해졌어요, 선생님!"

"다행이네요. 그런데 간병인은 어디에 있나요? 문을 열어 주신 분이 간병인인가요?"

"그분은 집안일을 도와주시는 이모고요, 간병인은 오늘까지 휴가에요. 집에 일이 있다고 해서요. 아빠가 웬만한 간병인보다 섬세하셔서 딱히 불편한 건 없어요."

"흠…"

유진은 생체 모니터와 차트를 한 번 더 들여다보고 위원장을 찾고자 방문을 열었다. 다행히 그는 바로 문밖에 있었다.

"해영아, 좀 어떠니?"

위원장은 방에 들어오자마자 딸의 상태부터 확인했다. 해영은 귀찮은 기색도 없이 유진에게 했던 말을 반복했고 그제야 그의 표정이 풀렸다.

두 사람의 대화가 마무리되자 유진은 위원장에게 알약 형태의 진통제를 넘겼다. 복용 시간과 양에 대한 주의를 준 유진이 돌아가려던 때, 해영이 그를 불러 세웠다.

"선생님."

"네?"

"조금만 더 있다가 가시면 안 돼요? 같이 수다나 떨어요."

차와 간식을 준비하려던 위원장은 우뚝 멈췄다. 유진이 단호하게 거절했기 때문이다.

"죄송합니다. 왕진이 필요한 분들이 아직 많이 남아서요."

"어머… 환자가 많나요?"

해영은 걱정스럽게 되물었고, 위원장은 말없이 얼굴을 붉혔다.

"마을에 거동이 불편하신 분이 꽤 많아서요."

"세상에, 그럼요. 어서 가세요. 제가 괜한 말을 했네요. 그럼, 우리 언제 다시 봐요?"

"…글쎄요, 아마도 내일…"

"좀 확실히 말하지!"

두 사람의 대화를 듣던 위원장이 일갈했다. 성난 어조에는 어떻게 아픈 딸의 제안을 거절할 수 있느냐는 노여움이 담겨 있었다.

위원장을 흘긋 본 유진은 한숨을 삼키고 확언했다.

"내일 경과를 지켜보러 올 겁니다. 아침 일찍이요."

"너무 좋아요! 간식 준비해 놓고 기다릴게요."

해영이 환하게 웃으며 말했다. 유진은 가슴이 무거워졌다. 김 간호사가 짜준 왕진 스케줄에 따르면 내일도 오늘과 같은 수준으로 바쁠 것이 뻔했다. 다과 시간은 내일도 낼 수 없을 터다.

하지만 한 번 딸의 제안을 거절했다고 얼굴을 붉으락푸르락 물들인 위원장을 보건대, 대놓고 거절할 방법은 없는 듯하다. 유진은 애매모호하게 고개를 움직여 상황을 모면했다.

"자네."

혹은 그렇게 착각했거나.

유진이 현관에 다다르자, 위원장이 진지한 얼굴로 그를 불렀다.

"네."

"시골에서 한적한 전원생활이나 즐기고자 병원을 맡은 거라면, 그런 편협한 생각일랑 당장 버리게."

유진은 일순 말문이 막혔다. 왠지 모르게 마음이 뜨끔한 게, 정곡을 찔린 기분이었다. 비록 위원장의 말이 액면가 그대로 맞는 것은 아니었지만 다른 꿍꿍이가 있다는 건 부정할 수 없는 사실이다.

"대체 무슨 생각으로 병원을 맡은 건지는 모르겠지만… 내 딸, 부디 잘 부탁하네."

"…저야말로 잘 부탁드립니다."

날카로운 지적으로 시작된 위원장의 말은 결국 아버지의 부탁으로 끝났다. 허리를 깊숙이 숙이는 위원장을 따라 유진도 맞절했다.

떠나는 그의 등에 대고 위원장은 의미심장하게 덧붙였다.

"뭐라도 내 도움이 필요한 일이 있다면, 연락하게. 내 딸을 봐주는 의사의 부탁 정도야 들어줄 수 있으니까. 손이든 눈이든 말만 해."

"…"

유진은 순간 멈칫했다. 그는 다시 걸음을 재게 놀려 으리으리한 대문을 빠져나왔다. 걷는 내내 찜찜한 기분이 달라붙어 떨어지지 않았으나 다음 환자를 만나자 곧 사라졌다.

*

"선생님, 성과가 있었어요."

"오…"

김 간호사가 밝은 얼굴로 건넨 말은 분명 유진이 학수고대하던 것이다. 그러나 그의 입에서 나온 말은 힘 빠진 감탄뿐이었다. 왕진 때문에 온종일 동네를 종횡무진 누

빈 그는 말할 기운이 없었다.

오늘 유진이 하루 동안 본 마을 사람들의 병명은 개개인이 가진 개성만큼이나 다양했다. 단순 소화 불량, 며칠이나 방치된 열상, 예의 그 고혈압, 숙변, 독감, 알코올 의존증… 특히 알코올 의존증 같은 경우, 첫날 본 강 씨 외에도 여럿의 환자가 있었다.

심지어 환자들이 비슷한 증상의 이웃을 소개하는 통에 유진은 잠시도 쉬지 못하고 일했다. 꼬리에 꼬리를 무는 왕진이 끝난 것은 오후 8시로, 그게 고작 10분 전의 일이었다. 오후 진료가 불발된 건 말할 것도 없다.

유진보다 늦게 병원에 귀환한 김 간호사는 펜 자국이 가득한 종이를 진료실 테이블에 내려놨다.

"딱 한 명까진 아니어도 유력한 세 명을 추렸습니다."

"그거 정말 대단한데요."

비록 기운이 없는 목소리였지만 유진은 진심으로 감탄했다. 애초에 방문객 리스트는 너무 길었다. 하루 만에 그 많은 사람의 알리바이를 확인한 김 간호사의 수완이 새삼 대단했다.

감탄을 담은 눈으로 그를 올려다본 유진은 손짓으로 의자를 가리켰다. 김 간호사는 냉큼 궁둥이를 붙였다.

"처음에는 저도 모든 분의 알리바이를 다 확인해야 하나 싶어서 눈앞이 캄캄했는데요, 생각해 보니까 그러지 않아도 되더라고요."

"그래요?"

"네. 다른 건 멀쩡한데 모르핀만 없어진 거잖아요. 그러면 최소한 그게 병원에 있다는 걸 아는 사람의 짓이겠죠. 그렇게 생각하고 리스트를 다시 보니까 경우의 수가 확 줄더라고요."

"주민끼리는 마을의 모든 일을 공유하는 거 아니었나요?"

"그건 맞지만, 모르핀이라는 게 정확히 뭔지 모르는 분도 있잖아요. 어떻게 생겼는지도 모르는 물건을 무슨 수로 훔치겠어요? 심지어 이중 금고를 열기까지 해야 하는데요."

"글쎄요…"

도둑은 비품함의 주사기는 건들지도 않았다. 범인이 중독자라면, 약물을 주사할 도구도 함께 챙기지 않았을까? 하지만 마약 중독자라면, 주사기 한 대 정도는 소유했으리라.

사실 이 모든 게 모르핀이 뭔지도 모르는 도둑이 벌인

일 아닐까?

온갖 가능성 때문에 머리가 지끈거리자, 유진은 김 간호사의 소거법을 믿기로 했다. 도둑의 심정 따위를 헤아리기엔 그에게 남은 시간이 얼마 없었다. 김 간호사가 애써 추려 준 용의자를 거부한다면 그는 또 소득 없이 하루를 낭비한 셈이 된다.

유진은 김 간호사의 설명에 집중했다.

"…잖아요, 그러니 어르신들은 제외하고요. 또 둘 이상 함께 있었던 분들도 뺐어요. 서로가 뭘 하는지 다 보고 들으셨을 테니까. 결국 남은 건, 이 세 명뿐이에요."

과연 김 간호사다. 세 장짜리 리스트를 고작 세 명으로 줄이다니. 유진은 박수갈채를 보내고 싶은 심정이었다.

테이블 위에 놓인 흰 종이에 검은 펜으로 쓰인 세 개의 정자正字가 빛났다.

그날 밤, 유진의 잠자리는 전에 없이 평온했다.

6장

앗, 들켜 버렸다

*

"오늘은 어떻게 하실 생각이세요?"

어제와 똑같이 아침을 챙겨 온 김 간호사가 여상히 물었다. 유진이 전날 건네준 열쇠로 당당히 정문을 열고 들어온 그는 아침부터 생기가 넘쳤다.

유진은 입안에 든 음식을 완전히 삼키고 나서 대답했다.

"일단 왕진을 나가야 할 것 같아요. 어제 못 찾아간 집도 있어서요."

"그럼, 오늘은 같이 갈까요?"

"그보단 따로 부탁드리고 싶은 일이 있는데요."

유진은 주머니에서 종이 한 장을 꺼냈다. 김 간호사가 전해 준 희소식이 바스락거리는 소리와 함께 테이블 위에 놓였다.

"하지만…"

김 간호사는 말끝을 흐렸다.

그의 생각은 어조와 표정에서 쉽게 읽혔다. 김 간호사의 우선순위는 용의자 탐문보단 왕진인 게 분명했다.

후자보단 전자를 더 중요하게 생각하는 유진은 그의 눈빛을 외면했다. 하고 싶은 일보단 해야 할 일을 할 수밖에 없는 게 현실이다.

유진과 김 간호사, 둘 중 누구도 반기지 않는 업무가 시작됐다.

*

"이거 놔요!"

"어이쿠, 이놈이 정말…!"

"아빠, 일단 손부터 놓는 게 좋겠어."

유진은 눈앞의 상황이 마치 연극처럼 느껴졌다.

어제의 약속 때문이 아니더라도 해독은 본래 경과를 확인하는 게 중요한 치료다. 왕진 진료의 첫 번째 환자는 해영이었다.

유진이 2층에 들어서자마자, 한바탕 소동이 벌어졌다. 열 살 남짓 돼 보이는 아이가 총알같이 일어나 침대를 가로지르려 했고, 식겁한 위원장이 그의 뒷덜미를 잡아챘다.

바둥거리는 아이를 내려놓길 종용하는 해영이 없었다면 상황은 더 나빠졌을 게 뻔했다. 얼굴을 잔뜩 붉힌 위원장은 그대로 아이를 끌고 경찰서라도 데려갈 태세였으니까.

한편으로 유진은 위원장의 마음을 충분히 이해했다. 침대 위에는 산소 줄이나 링거 줄 따위의 선이 많아 자칫 큰 문제를 초래할 수도 있었기 때문이다. 하지만 계속해서 짐승을 잡듯 아이를 들고 있는 건 안 될 말이었다.

유진은 위원장을 향해 말했다.

"그러다가 아이 기도가 막힐 겁니다. 일단 놓으시죠."

"선생도 보지 않았소! 애가 얼마나 위험한 짓을 하려고 했는지!"

"애잖아요."

유진은 아이를 가리키며 보이는 그대로 묘사했다. 만약 아이가 유진보다 족히 머리 하나는 더 작은 어린애가 아니었다면, 이렇게 역성을 들어줄 일도 없을 터였다. 어른이라면 해서는 안 되는 짓과 해도 되는 짓 정도는 구분할 테니까. 애가 애다운 일 좀 했기로서니 진심으로 화를 내는 것도 우스운 일이다.

단호한 유진의 눈빛을 읽은 위원장은 헛기침하며 아이를 내려놨다. 땅바닥에 발이 닿기 무섭게 뛰쳐나갈 것 같던 아이는 놀랍게도 얌전했다.

그는 유진을 향해 경계 어린 눈빛을 쏘아 보냈다. 강렬한 눈빛을 받은 유진은 아이를 향해 손을 한 번 흔들어 주고 본래의 목적에 집중했다.

"어제 잠은 편히 주무셨나요?"

"아, 네! 간만에 정말 푹 잤어요. 숨쉬기가 편해지니 기침하느라 깰 일도 없더라고요. 저, 다크서클도 없어졌잖아요, 선생님."

"다행이네요."

해영은 환하게 웃었다. 도저히 따라 웃지 않고는 못 배길 웃음에 유진도 작게 미소했다.

두 사람이 대화하며 증상을 논의하는 사이, 위원장이

슬그머니 방을 빠져나갔다. 문을 닫는 그의 입에는 흡족한 미소가 걸려 있었다.

"안 그래도 아빠가, 어머? 아빠가 어딜 가셨지?"

"…방금 나갔어요. 요상하게 웃으면서."

해영과는 친한 사이인 듯 아이는 퉁명스러울지언정 그의 의문을 해소해 줬다.

"하하. 요상하게?"

"아무리 생각해도 이상하다니까요. 저 아저씨, 선생님 아빠 아니죠?"

"얘는! 딱 봐도 닮았잖니!"

"아녜요! 선생님이 웃으면 나도 기분이 좋아지는데, 저 아저씨가 웃으면 난 소름이 돋는다니까요!"

"하하하!"

해영은 배를 붙잡으며 웃었다.

유진은 아이가 통찰력이 있다고 생각하며 고개를 주억거렸다. 실제로도 두 부녀는 웃는 모습에서부터 크게 차이가 났다. 부녀라는 말을 먼저 듣지 않았다면 절대 혈연관계라고 생각하지 못했을 만큼 닮지 않았다. 아마도 해영은 엄마 쪽을 닮은 것이 분명하다고, 유진은 생각했다.

그는 해영을 선생님이라고 부르는 아이의 정체가 궁금

했다. 딸이라면 껌뻑 죽고 의심도 많은 위원장이 아이를 그대로 두고 나간 것으로 보아 그냥 아는 사이는 아닌 것 같았다.

유진이 아이를 빤히 바라보자, 해영은 선선히 아이를 소개했다.

"아, 제가 서진이 소개하는 걸 잊었네요. 옛날에 제가 가르쳤던 정서진이라는 친구예요. 올해 열한 살이고요. 자, 서진이 너도 의사 선생님께 인사해야지."

서진이 입을 삐죽이고 허리를 접는다. 유진도 마주 인사하고 차트에 증상과 투여량을 기록하기 시작했다. 아이가 왜 초면인 그를 미워하는지는 나중에 들어볼 문제였다.

해영이 계속 말을 붙였다.

"선생님, 혹시 아세요? 그 병원이 이전엔 학교였던 거?"

"오기 전에 들었습니다."

"이미 아시는구나. 학교가 폐교한 지도 벌써 삼 년이네요. 얼마 안 된 것 같은데, 왜 이렇게 까마득한지…"

해영이 우울하게 말을 끝맺는다. 유진은 차트에서 눈을 뗐다. 창밖으로 시선을 돌린 해영을 본 그는 주저하며 말을 꺼냈다.

"…원래 교사셨나요?"

"그랬죠. 이젠 아니지만."

"그런 게 어딨어요! 한번 선생님은 계속 선생님이에요."

아이는 암팡지게 대꾸했다. 씩씩대는 숨소리로 보아 잔뜩 흥분한 듯했다.

"그것참 고마운 말인걸?"

해영이 환하게 웃자, 아이는 머리를 긁적이며 실내화로 바닥을 툭툭 쳤다. 하는 행동이 딱 첫사랑에 빠진 아이가 할 법한 짓이라 유진마저도 웃었다.

차트 기재를 마무리하며 진료를 끝낸 유진이 자리를 뜨려던 찰나, 쟁반에 간식을 잔뜩 올린 위원장이 방으로 들어왔다. 떠날 채비를 마친 유진도 계속 그를 노려보던 서진도 산더미 같은 간식에서 시선을 떼지 못했다.

"흠…"

"와아!"

비록 반응은 엇갈렸을지라도 말이다.

"자, 자. 먹으면서들 대화하세요."

"죄송하지만 저는 남은 환자가 있어서요."

"아니, 또 말입니까?"

드디어 딸에게 편하게 대화할 수 있는 친구가 생겼다고 내심 흐뭇해하던 위원장은 대번에 표정을 구겼다. 그로서는 어제 유진을 보내준 것도 많이 양보한 일이었다.

오늘이야말로 절대 그를 그냥 보내지 않겠다는 일념으로 한마디 하려던 때 유진이 선수를 쳤다.

"홍 씨 할머니란 분을 꼭 오늘 봬야 하거든요. 어제는 댁에 안 계시더라고요. 얘기 들어보니까 몸이 많이 안 좋으신 것 같던데, 좀 걱정도 되고요."

김 간호사의 리스트는 증세가 많이 안 좋은 사람부터 다소 괜찮은 사람 순서대로 작성돼 있었다. 어제 무리해서 가장 앞 장의 환자를 모두 만났던 이유가 거기에 있었다.

유진은 그중 딱 한 명, 홍자영 환자만 만나지 못했다. 주소지로 찾아가 대문을 두드렸지만, 몇 분을 기다려도 안쪽에선 인기척이 나지 않았다. 하필 호철이 신신당부한 환자가 아니더라도 찜찜할 만한 상황이었다.

어제를 곱씹던 유진은 실내가 지나치게 조용하다는 것을 깨달았다.

위원장은 호락호락한 사람이 아니다. 해영보다 중요한

사람은 아무도 없다는 식의 태도만 봐도 그랬다. 그런데 그런 위원장이 남의 사정을 듣고 꿀 먹은 벙어리가 되다니 참 이상한 일 아닌가.

조용한 위원장과 해영을 번갈아 보던 유진은 곧 두 사람이 아이의 눈치를 보고 있다는 것을 깨달았다. 정처 없이 흔들리는 그들의 눈동자는 유진과 서진 사이를 방황하고 있었다.

"…혹시,"

"우리 할머니한테 관심 꺼!"

유진이 의혹을 입 밖에 내기 전 서진이 버럭 소리를 질렀다. 그는 그제야 홍 씨 할머니와 아이의 관계를 알게 됐다.

"예끼, 이놈아! 의사 선생님이 신경 써주면 고맙습니다, 해야지. 왜 되지도 않는 심통을 부려?"

위원장이 서진을 타박했지만 아이는 여전히 유진을 노려봤다. 초면인 아이가 보이는 반응이라기엔 앞뒤가 맞지 않았다.

유진은 머리를 긁적이며 서진에게 물었다.

"우리, 만난 적이 있던가?"

"그런 적 없어."

"이놈아! 존댓말을 써야지. 어딜 어른한테."

위원장이 한 번 더 서진에게 주의를 줬다. 입을 삐죽인 서진은 팔짱을 끼고 고개를 휙 돌렸다. 위원장은 관자놀이를 문지르며 화를 가라앉혔다. 홍 씨 할머니의 상태를 듣기 전이었다면, 그는 평소처럼 꿀밤을 날렸을 것이었다.

위원장은 서진을 구슬렸다.

"서진이, 너. 할머니가 편찮으시다는 소리 못 들었어? 심각한 병일 수도 있어. 당연히 진료 받아 봐야지. 신경 끄라는 말도 안 되는 소리 하지 말고, 당장 선생님 손잡고 집에 가. 아저씨가 특별히 양보하는 거야."

유진은 멍하니 위원장을 바라봤다. 진료를 보는 것은 자신인데 위원장이 양보하고 말 게 어딨단 말인가. 하지만 그는 따지기를 포기했다. 별것도 아닌 것으로 입씨름할 기운이 있었다면 진작에 호철과 대판 싸웠으리라.

도를 넘은 무례함을 상대하는 것에는 적지 않은 심력이 소모되는 법이고 지금의 유진은 남은 에너지가 얼마 없었다. 앞으로 이틀을 버티기 위해서라도 더 이상의 귀찮은 일은 사절이었다.

"싫어요! 의사는 다 마귀야! 나쁜 사람들이랬어!"

"뭐? 누가 그런 말도 안 되는 말을 한 거야?"

해영이 경악스레 외쳤다. 차마 선생님에게는 버릇없이 굴지 못하겠는지 우물쭈물하던 서진은 곧 대답했다.

"그게… 옆집 강 씨 아저씨가 그랬어요. 의사들은 돈밖에 몰라서 분명히 별 탈도 없는 할머니를 입원시키려고 할 거라고. 그러면 다시는… 우리 할머니를 못 볼 거랬어요."

서진은 생각만 해도 싫다는 듯이 울먹였다. 조손간 유대가 생각보다 깊은 것 같았다.

유진은 서진에게 그런 말도 안 되는 생각을 심어준 강 씨에게 부아가 치밀었다. 홍 씨 할머니가 정말로 입원해야 할지는 모르지만, 그렇다더라도 설마 아이를 못 보게 하겠는가.

유진이 단호하게 말했다.

"치료 시기를 놓치는 것보다 위험한 건 없어. 직접 봐야 입원이 필요한지 알 수 있고, 어쨌든 네가 할머니를 못 보게 되는 일은 없을 거야."

"그걸 어떻게 믿어요?"

서진은 본능적으로 의심했지만 이미 그의 눈망울은 한껏 누그러져 있었다.

할머니가 아프다는 것을 서진도 알았다. 그러나 가슴 한편에서 계속해서 강 씨 아저씨의 말이 반복됐다. 의심의 끈을 놓지 못한 서진은 어제 그의 집을 방문한 유진을 필사적으로 무시했더란다. 해영의 집에서 유진을 만나지 않았다면 서진은 기어코 오늘도 그를 문전박대했을 것이었다.

"서진아, 선생님 봐봐. 그제보다 훨씬 나아 보이지 않니?"

해영이 서진에게 상냥한 어조로 말을 건넸다.

유진을 뚫어져라 쳐다보던 서진은 슬쩍 고개를 돌려 해영을 봤다. 창문 밖의 행인과 비교하면 여전히 병색이 짙었으나 서진은 평소 해영의 낯빛이 어땠는지는 낱낱이 알았다. 해영의 집에 하루도 빠짐없이 출석 도장을 찍고 있으니까.

"하지만… 그건 약 때문이잖아요. 맨날 선생님이 큰 병원에 다녀올 때마다 준다는 그 약이요."

"어머, 아냐! 이번에는 종합 병원에 안 다녀왔잖니. 이건 다 남유진 선생님이 진료해 준 덕분이야."

"…약 없이도 그렇게 돼요?"

"그럼!"

해영이 나아진 것은 중독 해독약 덕분이며 그것은 분명 약의 일종이다. 그러니 엄밀히 말하면 해영의 확언은 잘못됐다.

그러나 유진은 거짓말을 바로잡을 생각이 전혀 없었다. 굳이 다 된 밥에 재 뿌리고 싶지 않았다.

그의 목표는 오늘 내로 왕진 리스트의 모든 사람을 방문하는 것이다. 김 간호사가 원하는 일을 끝내면, 김 간호사 역시 그가 원하는 것을 쥐여 주리라. 유진은 기어코 이틀 내로 모든 일을 끝낼 요량이었다.

경계를 푼 아이는 태세 전환이 빨랐다. 눈 깜빡할 새에 침대를 빙 돌아온 아이는 유진의 손을 덥석 잡고 막무가내로 그를 이끌었다. 아이치고는 센 힘에 유진은 속절없이 끌려갔다.

"선생님! 빨리 와요, 빨리! 우리 할머니, 어제부터 이불에 누워서 꼼짝을 못 하셔요!"

아이의 말을 들은 유진은 생각했다. 어제 담을 넘는 한이 있더라도 홍 씨 할머니를 봤어야 했다고. 어느새 유진은 서진을 앞질러 뛰기 시작했다.

해영은 분주한 두 사람 뒤로 손을 흔들었고, 위원장은 딸의 모습을 흐뭇한 얼굴로 바라봤다.

*

"하, 할머니!"

엎치락뒤치락 달리던 두 사람이 초록색 대문에 도착한 것은 거의 동시였다. 서진은 대문을 뻥 차며 소리 높여 할머니를 불렀다.

"어이고, 깜짝이야. 간 떨어지겠다, 이놈아."

앞마당에서 소쿠리를 들고 있던 홍 씨 할머니는 놀란 척 대꾸했다. 기실 홍 씨는 손톱만큼도 놀라지 않았다. 그는 서진의 뜀박질 소리라면 백 미터 밖에서도 구분할 수 있었다.

유진을 본 홍 씨의 눈이 약간 커졌다.

"아, 그 의사 선생님이신가?"

"네, 안녕하세요."

홍 씨가 자리보전하고 있을 거라고 짐작했던 유진은 살짝 놀랐다. 다소 굽은 허리를 제외하면 그는 절대 환자로 보이지 않았다.

그가 사태의 심각성을 안 것은 홍 씨의 혈압을 잰 직후다.

"…왜, 왜요?"

말없이 두 번, 세 번 혈압을 측정하는 유진을 보며 서진은 안달했다. 홍 씨는 그런 서진의 손을 다독이며 유진의 질문에 소상히 답했다.

증상에 따라 작성한 수기 차트를 내려다보던 유진은 눈을 질끈 감았다. 도움을 청해야 하는 상대가 하필 그가 다시는 만나고 싶지 않은 사람이라는 게 기가 막혔다.

"…혹시 유호철 씨 전화번호 아십니까?"

유진은 울적한 마음을 숨길 수가 없었다.

"왜? 많이 안 좋아?"

스마트폰을 꺼내든 홍 씨는 걱정스럽게 질문했다. 옆에 앉은 서진은 숫제 울 기세였다. 유진은 빠르게 표정을 수습했다.

객관적으로 그의 상태는 좋지 않았다. 솔직히 혈압만 보면 쓰러지지 않은 게 이상한 수준이다. 게다가 당장에 할 수 있는 일은 약으로 증상을 누그러트리는 것뿐이다. 그러나 걱정스러운 표정의 홍 씨와 울먹이는 서진 앞에서 어떻게 그런 말을 할 수 있겠는가.

"그냥, 제가 유호철 씨랑 좀 안 맞아서요. 약이 필요하니 연락해야 하는데 그게 걱정돼서 그렇습니다."

"으응! 그런 거였구먼! 하이고, 호철이 그놈이 선생님 찾아갔다는 말은 들었어. 오죽 시달렸으면, 그래, 응?"

환하게 웃은 홍 씨는 호철의 욕을 한바탕 늘어놓으며 전화번호를 알려 줬다. 물끄러미 11자리 숫자를 보던 유진은 통화 아이콘을 터치했다.

"네, 유호철입니다."

"저 남유진입니다. 상면 병원 의사요."

"아, 선생님? 어쩐 일로 전화를 다 주셨을까? 한창 바쁘실 텐데."

유진은 빈정대는 호철의 어조에도 아랑곳하지 않고 용건을 뱉었다.

"부탁드릴 게 있어서요. 죄송한데, 지금 노바스크 정제 좀 홍 씨 할머니 댁으로 가져다줄 수 있을까요? 급한데 시간이 없어서요."

"선생, 지금 할머니 댁이야?"

"네, 같이 있습니다."

"오 분. 그 이상은 안 걸려."

호철은 대답도 듣지 않고 전화를 끊었다.

장담한 대로 오 분 만에 모습을 드러낸 그는 구르듯이 오토바이에서 내렸다. 앞마당과 접한 방문을 훤히 열어 놓고 진료를 본 탓에 유진은 모든 장면을 실시간으로 볼 수 있었다. 빠르게 약을 가져다준 것은 고마운 일이지만 저절로 눈살이 찌푸려지는 광경이다. 오토바이 낙상 환자만큼 치료가 까다로운 부상이 또 없기 때문이다.

약을 받아 든 유진은 서진에게 물 한 컵을 가져오게 했다. 서진은 호철 못지않은 몸놀림을 보여 주며 금세 물을 떠 왔다.

"드세요."

"응? 응."

눈만 굴리며 상황을 지켜보던 홍 씨는 유진의 지시를 따랐다. 말없이 10분을 기다린 유진은 혈압을 쟀다. 그가 20분 후에 똑같은 일을 반복할 때까지 누구도 입을 열지 않았다. 양반다리를 하고 앉은 호철이 서진을 다리 위에 올리고 다독여 준 덕에 아이 역시 조용했다.

세 번째로 혈압을 잰 유진이 안도의 한숨을 내쉬었다. 한숨이 도화선이라도 된 듯 모두가 앞다투어 질문을 쏟아 냈다.

"왜? 나, 안 좋아?"

"우리 할머니 이제 괜찮아요?"

"고비는 넘겼어?"

상황을 제대로 이해하고 있는 호철이 가장 적절한 질

문을 했다.

"약사님 말대로 큰 위험은 넘겼어요."

혹여 홍 씨의 혈압을 높일까 싶어 말을 아꼈던 유진은 그제야 편히 입을 열었다.

"그, 그래?"

"환자분 혈압이 너무 높아서 정상 수치까지 떨어트리는 게 급선무였거든요. 몸이 좀 가뿐하지 않으세요?"

"응? 그러고 보니…"

고개를 갸웃한 홍 씨는 벌떡 몸을 일으켜 다리를 휘휘 저었다. 유진과 호철이 경악하며 그를 만류했다.

"할멈! 아무리 그래도 갑자기 움직이면 탈 나!"

"환자분, 너무 급하게 움직이면 안 됩니다."

"하이고, 내 정신 좀 봐! 너무 좋아서 그랬지! 어째 어제오늘, 다리가 탁탁 튀고 저려서 움직이는 게 영 불편했는데, 어쩜 이렇게 한 번에 좋아져?"

홍 씨는 아이처럼 기뻐했다. 벌떡 일어난 서진도 방방 뛰어다녔다.

"와! 할머니! 이제 안 아파?"

"그럼, 내 새끼! 할미 이제 다 나았다."

"아, 그건 아닙니다."

유진이 잔치 분위기에 찬물을 끼얹었다. 홍 씨의 혈압이 언제부터 치솟았는지는 모르지만, 적절한 치료 없이 방치된 고혈압은 합병증 발병 위험이 높았다.

분위기는 싸늘하게 식었다.

"아냐?"

누구보다도 실망한 홍 씨가 눈썹을 늘어트렸지만, 유진은 단호했다.

"정밀 검사를 받아야 합니다. 급한 불은 껐지만, 다른 문제가 있는지 알아봐야 해요. 저랑 바로 종합 병원에 가시,"

"안 돼, 그건."

홍 씨는 종합 병원이라는 말이 나오기 무섭게 퇴짜를 놨다.

말문이 막힌 유진은 입을 다물었다. 호철이 홍 씨를 설득하기 시작했다.

"에헤이, 우리 할머니 왜 그러실까. 의사가 하란 대로 하니까 이렇게 좋아졌는데, 이제 와서 의사 말을 안 들으면 어째?"

"…그래도 안 돼. 거긴 너무 멀잖아. 서진이를 혼자 둘 순 없지."

"나 있잖아."

호철은 엄지를 모로 세워 자신을 가리켜 보였지만 크게 효과는 없는 듯했다. 홍 씨의 반대는 여전했다.

"총각이 뭘 안다고 애를 본대. 허튼소리 말어. 우리 새끼 성인 되기 전까지는 남의 손 타게 할 생각 없네."

차마 하지 못할 말이 유진의 혀끝을 맴돌았다. 지금 잠깐 손자를 혼자 두기 싫다고 치료 시기를 놓치면, 성인이 된 그를 영영 보지 못할 수가 있다고. 결국 그의 입에서 나온 말은 완곡한 설득이었다.

"아까 보니까, 서진이가 진해영 환자분 집에 있던데요. 혹시 자고 오기도 하나요?"

"응? 뭐어… 옛날엔 종종 그러기도 했었지. 하룻밤 정도는."

"검사받는 데 그 하루 쓰신다고 생각하시면 어떨까요. 입원이 아니면 오래 떨어져 있을 일도 없을 거고, 입원 여부는 일단 검사 받아 봐야 아는 거니까요."

"그래, 할멈! 내가 진 선생 집에 연락할까? 오늘 하루쯤이야 당연히 그쪽도 오케이 하지!"

당사자도 아닌 호철이 자신만만하게 장담했다. 유진은 굳이 판죽을 걸지 않았다. 두 사람에게는 홍 씨 할머니 설득이라는 공통의 목적이 있었다. 적어도 목적을 달성하기 전까지 유진은 호철의 편이었다.

"그건 너무 민폐야. 그 집 상황이 좋을 때나 그랬지, 지금은 거기도 힘든데… 애를 어떻게 맡기나? 그리고 진 선생이 한때 애 선생이었지 않나. 그냥 놀고 오는 게 아니라 공부도 시켜 주니 겸사겸사해서 맡겼던 거야. 그냥 빈둥대라고 허락한 건 절대 아니라고. 아무리 방학이라도, 내 그 꼴은 못 보지."

"그러면, 차라리 서진이랑 같이 병원에 갈까요?"

유진은 그것보다 나은 해결책은 없을 거라고 확신하며 제안했다.

"검사 받는 내내 애랑 다니게? 병원에서도 싫어할걸. 아예 접수도 안 해줄 거라고."

호철은 머리를 북북 긁으며 말했다. 손짓과 어조에서 그가 느끼는 짜증이 그대로 묻어났다.

유진의 기분도 썩 좋지는 않았다. 병원이 환자를 거부하는 데엔 마땅한 이유가 있겠지만, 조손 가정이나 한부모 가정의 현실을 고려하면 무신경한 처사였다.

뾰족한 수가 떠오르지 않자, 유진은 입을 꾹 다물었다. 그 순간 호철이 외쳤다.

"아, 할멈! 그러고 보니, 여기도 한 명 있잖아!"

"으응?"

"믿고 맡길 만한 선생이자 어른! 의사 말고 누굴 믿겠어! 그리고, 의사만큼 공부를 잘하는 사람도 또 없지! 이 정도면, 서진이 맡기고 병원에 다녀올 만하지 않아?"

당사자의 의사는 손톱만큼도 반영되지 않은 말이다.

유진은 명청한 표정으로 호철의 입만 뚫어져라 쳐다봤다. 그는 자기 귀를 의심하는 중이었다. 당연히 그의 청신경에는 아무 이상이 없었다.

"뭐어… 의사 양반이라면 당연히 믿고 맡길 수 있지만은…"

홍 씨는 유진의 눈치를 살피며 망설였다. 유진은 안절부절못했다. 정작 눈치를 봐야 할 사람은 호철이건만 그는 뻔뻔스럽게 웃고 있었다.

유진은 울컥 화가 치밀었다. 하지만 그의 입에서 나온 말은 항의가 아닌 소심한 반항이었다.

"저는, 종합 병원 전원 수속을 해야 해서요. 환자분이랑 같이 가야 할 것 같은데요."

"아이고, 그렇구먼…"

홍 씨는 썩 아쉽게 됐다는 양 입맛을 다셨다. 호철의

제안이 솔깃하긴 했나 보다.

유진이 안도의 한숨을 쉬기도 전에 예상치 못한 변수가 등장했으니, 바로 근처를 지나가던 김 간호사였다.

"어머, 선생님! 홍 씨 할머니는 제가 모실게요!"

"…간호사님, 대체 언제 오셨죠?"

"방금요. 아시다시피, 크흠, 박 씨 아저씨가 근처에 살잖아요."

난데없는 헛기침에 눈 둘 곳 찾지 못하는 시선 등, 김 간호사는 누가 봐도 비밀스러운 일을 하는 것처럼 굴었다. 어수룩한 모습을 본 유진은 눈을 질끈 감으며 그를 외면했다.

유진은 머리를 털어 잡생각을 지웠다. 지금 중요한 일은 호철의 제안을 무산시키는 것이다.

"그럼, 차라리 간호사님께서 서진이를 봐주시고, 제가 병원에 같이 가는 게 낫겠네요."

"그건 안 돼."

홍 씨는 단호히 거절했다. 표정이 자못 흉흉하기까지 했다. 그는 김 간호사 쪽으로는 시선조차 주지 않았다.

김 간호사가 마을 출신이라는 것을 아는 유진은 홍 씨의 반응이 이상하기만 했다. 외지인인 유진보다 안면 있는 김 간호사가 더 믿음직할 텐데.

호철은 간단히 상황을 정리했다.

"선생, 어쩌겠어. 홍 씨 할머니는 손자가 의사 선생님이랑 함께 있길 바란다는데. 자자, 환자는 김 간호사한테 맡기는 걸로 하지, 응? 이러다 해 지겠어."

유진은 울며 겨자 먹기로 고개를 끄덕였다.

뒷일은 일사천리였다. 김 간호사는 차를 빼 오겠다며 병원으로 향했고, 홍 씨는 호철의 도움을 받아 물건을 챙기기 시작했다. 신분증과 지갑을 바지춤에 엮은 홍 씨는 멀뚱히 서 있는 두 사람을 향해 당부했다.

"밥 잘 먹고, 선생님 말씀 잘 듣고. 의사 양반도, 하던 일 계속해. 우리 애가 방해하지는 않을 거야, 그치?"

"응…"

서진은 기운이 없었다. 맥없는 대답을 들은 홍 씨는 눈을 부라렸다.

"이놈! 누가 보면 할미 죽으러 가는 줄 알겠다. 이럴 땐, 잘 다녀오세요, 하고 웃어 주는 게 할머니 도와주는 일이야."

"죽는다는 말 같은 거 하지 마! 치이… 잘 다녀오세요."

마지막 말은 하도 작아 바로 옆에 있던 유진의 귀에도

잘 들리지 않을 정도였지만, 홍 씨는 아주 잘 들은 모양이다. 흡족하게 웃은 그는 성큼 다가와 서진의 머리를 토닥였다.

얼마 지나지 않아 유진의 자가용이 모습을 드러냈다. 홍 씨를 태운 차는 빠르게 멀어졌다. 서진은 웃는 모습만큼은 끝내 보여 주지 못했다.

"으… 흐윽…"

울음을 참는 것이 아이의 최선이었으리라. 유진의 가운을 틀어쥔 서진은 서럽게 울었다. 망설이던 유진이 서진의 머리를 한두 번 토닥이고 나서야 호철이 나섰다.

"인마, 사나이가 이런 일로 울어서 되냐?"

"우, 우는 데 남자 여자가 어딨어! 선생님이 그랬어. 남녀 차별은 나쁜 거라고!"

서진은 그렁그렁한 눈을 하고도 막힘없이 호철에게 대거리했다. 유진은 저도 모르게 서진을 응원했다. 그 순간만큼은 서진을 떠맡은 게 싫지 않을 정도였다.

호철과 말을 주고받던 서진은 금세 울음을 그쳤다.

"알겠다, 알겠어! 참 나. 그래서, 선생. 다시 병원으로 가?"

서진의 머리를 아프지 않게 헝클인 호철은 유진에게로

관심을 돌렸다.

"아직 왕진이 덜 끝났습니다."

유진은 음울하게 대답하고 가운 주머니에서 반의반으로 접힌 리스트를 꺼냈다. 오늘 치의 환자 중 고작 두 명밖에 보지 못했다. 종이를 원수라도 된 듯 쳐다보던 유진은 문득 호철을 향해 물었다.

"혹시, 마을에 급한 환자가 더 있을까요?"

"그걸 내가 어떻게 알아? 난 일개 약사인데. 의사 선생님이 보면 몰라도 내가 본다고 뭐 알겠어?"

"그러지 말고 좀 도와주시죠. 정말 급한 분들은 빨리 진료 받는 게 맞으니까요."

유진이 호철에게 리스트를 건넸다. 그가 분명 제2의 홍 씨를 알고 있을 거라 짐작했기 때문이다.

"흐음… 파란 동그라미는 이미 본 환자야?"

"네."

"이젠 그렇게 급한 사람은 없네. 바로 앞집 박 씨 아저씨는 좀 걱정되는데 가까우니 먼저 가 보든지. 남은 사람들이야, 설렁설렁 봐도 돼."

호철은 대수롭지 않게 조언했다. 왕진이 호철의 강권에서 비롯됐다는 것을 고려하면 아주 얄미운 무관심이

다. 그러나 유진은 호철에게 화가 나지 않았다. 되레 깔끔하게 상황을 정리해 준 그에게 고마움마저 느꼈다.

호철은 용의자 세 사람 중 한 명이다. 그가 콕 짚어 언급한 박 씨 역시 그랬다. 말하자면, 유진은 지금 두 마리 토끼를 잡을 기회를 목전에 두고 있다.

김 간호사가 세 명 중 누구를 찾아갔는지는 모르지만, 그가 자신만큼 적극적이지 않다는 걸 알았다. 게다가 이미 김 간호사가 확인을 끝냈더라도 두 번 확인해서 손해 볼 일은 없다.

"선생… 지금, 웃은 거야?"

호철은 믿기지 않는다는 듯이 물었다.

유진은 그제야 자신이 웃고 있다는 걸 깨달았다. 범인을 잡은 것도 아닌데 벌써 웃음이 나오다니 참 이상한 일이었다.

헛기침 한 번으로 웃음을 지워 버린 유진은 호철을 이끌었다.

"같이 가시죠."

"나? 굳이 그럴 필요가 있나. 왜, 서진이 혼자 보는 게 걱정되나 보지?"

"그런 걸로 하죠."

"참 나… 그러면 그런 거지, 그런 걸로 하자는 건 또 뭐야. 참 이상한 선생이라니까."

사돈 남 말 한다는 말이 턱 끝까지 차올랐지만, 유진은 말을 아꼈다.

행복한 유진과 투덜이 호철, 그리고 여전히 유진의 가운을 놓지 않은 서진은 맞은편 고물상을 향해 걸음을 옮겼다.

*

마을 사람들은 대부분 왕진을 반겼다. 몸이 불편한 환자가 모두 방문 진료 서비스를 누릴 수 있는 것은 아니므로, 애써 왕진을 온 의사를 박대하는 환자는 없다고 보는 게 논리적이다. 박 씨는 논리적 추론의 완벽한 반례였다.

"으잉? 아니, 금방 미경이가 왔다 갔는데 뭘 또 선생까지 오셨당가? 참 나… 어쨌든, 난 할 말도 더는 없으니 그만 돌아가쇼잉."

김 간호사의 이름을 들은 유진은 다소 안도했다. 일을 탐탁지 않게 여기던 김 간호사가 그래도 나름 탐문을 하긴 했나 보다. 박 씨의 반응을 보건대 수확은 없었겠지만.

유진은 호철을 끌어들였다.

"유호철 씨가 환자분 상태가 걱정된다고 해서 왔습니다. 어디 불편하신 데가 있나요?"

"으응? 호철이 너… 대체 왜 그렇게 입이 싸당가?"

박 씨는 호철에게 곱지 않은 눈총을 보냈다. 그러나 그 눈빛에 기죽을 호철이 아니었다.

"아이고, 아저씨야말로 그렇게 수상하게 굴지 마시던가요. 이틀에 한 번꼴로 붕대며 소독약을 그렇게 사 가니, 이건 뭐 관심을 가져 달라는 것밖에는 더 됩니까? 의사 선생님이 상면에 내려오지 않았으면, 난 경찰 고발이라도 하려고 했지."

"뭐어?"

"참 나, 그 약을 아저씨가 쓸지, 아니면 아저씨가 꽁꽁 숨겨 둔 범죄자가 쓸지 어떻게 압니까? 내가 그동안 얼마나 떨었는데. 이제 속 시원하게 무슨 일인지 좀 말해 주쇼. 여기 의사 선생님도 모셔 왔으니까."

"…"

호철의 넉살에 박 씨는 입을 꾹 다물어 버렸다. 같이

듣던 유진조차도 혀를 내두를 정도의 언변이었으니 당사자는 오죽할까. 그와 같은 편이라는 게 고마울 정도였다.

오래 지나지 않아, 박 씨가 운을 뗐다.

"어쩜 그런 숭한 오해를 하냐, 너는 참… 고물이나 떼다 파는 사람이라고 꼭 범죄를 저지르란 법이 있냐, 응?"

호철에게 하는 말이라기보다는 그 자신에게 하는 말처럼 들렸다.

한숨을 쉰 박 씨가 다리를 걷어붙이자, 모두가 깜짝 놀랐다. 엉성하게 감긴 붕대 사이로 드러난 상처가 심각했다. 길게 난 열상은 당장이라도 구더기가 들끓을 것만 같은 상태였다.

"어쩌다가 다치셨어요?"

바로 바닥에 무릎을 대고 앉은 유진이 붕대를 풀고 상처를 자세히 살폈다. 박 씨는 대답하지 않았지만, 유진은 상처가 금속 때문에 생겼을 거라고 짐작했다. 상처 표면이 울퉁불퉁하지 않고 깔끔했다. 그는 상처 자체보다 파상풍이 더 걱정됐다.

유진은 사고의 경위를 자세하게 물었다. 박 씨는 그것이 퍽 아니꼬웠던 모양이다.

"의사는 치료만 잘하면 됐지, 뭘 그렇게 꼬치꼬치 캐묻는 당가요? 됐고, 치료하러 왔으면 치료나 해 주소."

"이 양반이 정말…! 의사 선생이 필요도 없는 질문을 하겠어? 여기 있는 누가 케케묵은 아저씨 사정을 듣고 싶겠냔 말이야. 나도 싫어, 그건! 괜히 이상한 생각하지 말고 묻는 말에나 제대로 대답해. 의사도 뭘 알아야 치료하지. 이 양반들이 무슨 마법사라도 되는 줄 아나, 참 나."

호철이 벌컥 화를 내며 유진의 역성을 들었다. 유진은 첫인상을 포함해 모든 인상이 최악이던 호철이 그제야 달리 보였다.

면구스러운 얼굴로 입맛을 쩝 다신 박 씨는 어조를 한껏 누그러트렸다.

"아니, 너무 집요하게 물어보니까… 근데, 그런 게 치료하는 데 꼭 필요한 거요?"

"언제 다쳤는지 알아야 치료 시기를 얼마나 놓친 건지도 알 수 있죠. 게다가 지금 가장 걱정되는 게 파상풍인데, 그건 상처를 만든 물건이 녹슬었는지 여부가 굉장히 중요해요. 또 그냥 걷다가 다쳤는지 아니면 높은 곳에서 떨어진 건지도요. 낙상의 경우 골절도 의심해 봐야 해서요."

"…내가 무지렁이라 그런지, 뭔 말인지 이해를 못 하겠구먼. 그러니까 어쨌든, 다 치료에 필요하다 이거지?"

"네."

"크흠, 그러니까… 내가 다친 건 보름 전이야. 높은 데라고 해야 하나? 하여튼 내 키보다 약간 높은 곳에서 떨어졌어."

박 씨의 키는 채 백칠십이 안 돼 보였다. 골절의 위험성이 극단적으로 낮아졌다. 사람이 떨어지기에 안전한 높이란 건 없지만 유진은 내심 안도했다.

그는 차트를 꺼내 박 씨의 말을 받아 적었다.

"하필 그 아래에 뭐, 철근 같은 게 있더라고. 재수도 없지. 거기에 종아리가 걸려 가지고 이렇게 찢어졌네. 녹은… 쓰읍, 그런 건 전혀 없었어."

"철근이라고 하셨는데, 확실한가요? 혹시 모르니 확인을,"

"아, 그렇다면 그런 거지 뭘 그렇게 말이 많아!"

"그러는 아저씨는 말하라면 말하라는 거지 왜 그렇게 딴죽을 놔!"

박 씨가 다시 한번 짜증을 부리자 호철이 금세 끼어들었다.

유진은 눈빛으로 고마움을 표현하자, 호철이 입을 꾹 닫았다. 대신 조용하던 서진이 입을 열었다.

"철근이 뭐예요?"

"건물을 세울 때, 시멘트로만 벽을 만들면 너무 약하잖냐. 철근이라는 걸로 뼈대를 만들어야 튼튼하거든. 그냥 철 막대야. 쓰읍, 근데 가만, 그런 게 그냥 마을 바닥을 뒹굴지는 않았을 텐데…?"

서진의 눈높이에 맞춰 설명하던 호철은 이상한 점을 깨닫고 박 씨를 바라봤다.

호철의 눈을 이리저리 피하던 박 씨는 상처 치료에 여념이 없는 유진을 한 번, 눈을 가늘게 뜬 호철을 한 번 봤다가 버럭 소리쳤다.

"아니, 미경이 고 가시나는 비밀을 지켜 주기로 했으면 끝까지 입을 다물어야지, 이제 와서 이렇게 뒤통수를 치네!"

"미경이가 뭘 숨겨 주기로 했는데요?"

"아, 그래! 고물상 상황이 영 안 좋아서 내가 저, 학교 개조하고 남은 폐자재 좀 빼돌렸다! 잘못한 거 나도 알어! 근데 어쩌겠어. 고것들은 이미 다 팔았고 수중에 남은 돈도 없는데. 몰라, 배 째!"

호철은 말을 잃었다.

리모델링할 때 학교의 벽 일부를 허물었으므로 폐자재로 철근이 배출된 건 이상한 일이 아니었다. 이상한 것은, 건축 폐기물이라고는 하나 엄연히 학교, 즉 이제는 병원의 소유물인 철근을 빼돌려 놓고는 막무가내로 구는 박 씨였다.

그사이 고름을 일일이 째고 소독과 드레싱을 마친 유진은 박 씨에게 여상히 질문했다.

"직접 파셨다니 잘 아시긴 하겠네요. 그래서, 철근에 녹이 없었다고요?"

"응? 응, 그려. 만약 그런 게 있었으면 그 값은 못 받았지. 아차!"

범죄 행위를 아무렇지도 않게 읊던 박 씨는 두꺼운 손바닥을 들어 입술을 찰싹 때렸다. 찰진 소리가 울려 퍼졌지만, 촌극을 보고 웃는 사람은 아무도 없었다. 유진의 분위기가 심상치 않았던 탓이다.

"철근 말고는 뭘 가져가셨죠?"

"으응? 그것 말고… 크흠, 뭐어 적어도 거기 있던 건 죄 내다 팔았지. 값나가는 거라면 다."

박 씨는 술술 고백했다. 고지가 멀지 않았다.

유진은 추궁을 계속했다.

"정확히 어떤 물건이요? 혹시… 약도 건드리셨어요?"

"으응? 약? 무슨 약?"

"병원이니까요."

"…아무리 나라도 아픈 사람들이 쓸 약까지 손대지는 않았구먼. 그것만큼은, 참말로 아니야. 믿어줘…! 그, 그리고! 그땐 아직 병원도 아니었어! 대체 짓지도 않은 병원에 누가 약을 가져다 논단 말인가, 응?"

박 씨의 발언은 표정에서부터 진정성이 넘쳤다. 한편으로 논리적이기까지 했다. 약이 있다는 것도 모르는 사람이 그걸 어떻게 훔치겠는가.

호철이 의아한 표정으로 물었다.

"마을이 한참 난리였는데, 아저씨는 몰랐나? 저, 왜, 미리 약도 들여놓는다고 그랬잖아. 위원장 따님을 위해서."

"으응? 뭐어… 비슷한 말을 들었던 것 같기는 한데, 내가 그런 거에 신경 써서 뭐 해. 종이, 철, 구리, 뭐 이렇게 딱 떨어지는 자원이면 몰라, 약은 무슨… 내다 팔 데도 변변찮은 게 비싸기는 우라지게도 비싸, 응? 조그만 알약이나 링거 한 포가 종이 십 킬로보다 비싸다니 믿어져? 아이고, 더러워서, 참… 나는 고딴 거 상종도 안 해."

박 씨는 약이 무슨 사람이라도 되는 듯이 말했다. 상상만 해도 역겹고 짜증 나는 사람인 양.

날 선 반응을 본 유진은 박 씨는 범인이 아니라고 결론을 내렸다. 가슴속 깊은 곳에서 우러나는 혐오가 거짓일 리도 없거니와, 정말 그가 범인이라면 모순이 하나 생긴다. 그의 입장에서는 노다지나 다름없는 이중 금고를 내버려 두다니 어불성설이다.

유진은 무릎을 펴고 일어났다. 그는 상쾌한 표정으로 박 씨에게 약을 건넸다.

"이거, 항생제랑 진통약이에요. 식후에 드시고, 내일 종합 병원에 가서 엑스레이라도 찍어 보세요."

"꼭 그래야 하나? 멀쩡한 것 같은데…"

고분고분 알약을 받아 든 박 씨가 소심하게 항의했다. 그러나 유진도 물러서지 않았다.

"병원 일을 묻어 두려면 뒤탈이 없어야죠. 환자분이 나중에라도 탈 나는 건 원치 않으니, 엑스레이는 필수입니다. 이상 없다는 결과가 나오면 철근 건은 그냥 묻을게요."

"지, 진짜야?"

"네. 어차피 김 간호사님도 그렇게 말씀하셨다면서요. 굳이 제가 들쑤실 생각은 없습니다."

"아이고! 우리 의사 선생은 배운 사람치고는 말이 좀 통하네, 그려!"

박 씨는 헤벌쭉 웃으며 유진을 배웅했다.

종이와 고철의 산을 헤치며 걷는 유진의 뒤를 호철과 서진이 따랐다. 세 사람은 약속이라도 한 듯이 말이 없었다.

어른들 사이에 낀 서진은 눈을 뒤룩뒤룩 굴리며 그들의 눈치를 살폈다.

도로 한가운데에 선 유진은 호철과 눈을 맞췄다.

"그래서, 유호철 씨. 나흘 전에 병원에서 대체 뭘 한 겁니까?"

유진은 기어코 두 마리 토끼를 모두 잡을 셈이었다. 운이 따라 준다면 세 마리도 가능하리라. 그는 기회를 날릴 생각이 전혀 없었다.

청산유수 같은 말솜씨를 뽐내던 호철의 입이 딱 다물렸다.

호철은 제자리에서 꼼짝도 하지 않을 기세인 유진을 빤히 바라봤다. 대답이 궁색해서 입을 다문 것이 아니었다. 차라리 박 씨처럼 명명백백한 잘못을 저지른 편이 나은 건지도 몰랐다. 유진이 박 씨를 쉽게 용서해 준 것만 봐도 그랬다. 얼빠지고 무감한 얼굴로 모든 것을 묻어 두겠다는 알량한 말이나 하겠지.

씁쓸히 웃은 호철은 말을 돌렸다.

"선생, 아직 할 일이 남지 않았나? 개인적인 호기심은 그다음에나 해결하는 게 어때?"

"유호철 씨 덕분에 오늘 치 왕진은 다 끝나서요."

"의사가 왕진만 하나? 어제 놀았으니, 오늘은 진료해야지. 지금이라도 병원 문 열면 환자들이 주르륵 줄을 설 걸? 의사면, 그쪽이 더 급해야 하는 거 아닌가?"

유진은 입술을 깨물었다. 듣기 좋은 말은 아니지만 틀린 말도 아니다. 그는 결국 나중을 기약했다.

"한 명만 더 보고 병원으로 돌아가야겠습니다. 유호철 씨, 병원 진료가 끝나면 연락할 테니, 꼭 전화 받아 주세요."

"그렇게까지 부탁한다면야 못 받을 것도 없지. 근데, 왕진이 끝났다면서 누굴 또 본다는 거야?"

"장길주 씨요."

"응? 면장 아저씨를 선생이 왜?"

오지랖이 넓다 싶었지만 설마 진짜 면장일 줄이야. 장 씨와의 첫 만남을 떠올린 유진은 고개를 주억대며 대답했다.

"혹시 어디가 편찮으신가 해서요."

"그런 말은 못 들었는데? 왜 그렇게 생각하는데?"

"정식 개업 전날에 강지창 환자가 지붕에서 떨어진 일이 있었어요."

"그건 알지. 소문이 파다하게 났거든. 드디어 술고래 양반이 일냈다고."

"그러면 설명이 쉽겠네요. 분명 장길주 씨는 제가 강지창 환자를 데리고 종합 병원에 갔다는 걸 아시는 분인데…"

"그런데?"

"아무도 없는 병원을 방문하셨더라고요."

"…응?"

내심 유진은 장 씨를 범인으로 확정했다. 호철이 용의자 리스트에 있기는 하지만 껄렁이긴 해도 그는 엄연히 약사다. 비슷한 약을 구하려 한다면 못 할 것도 없다는 뜻이다.

소거법에 따라 범인은 장 씨가 분명했다.

괴상한 표정의 호철은 동행을 원했다. 아무래도 좋은 유진은 고개를 끄덕였다. 드디어 범인을 찾아낸 그는 날아갈 것만 같은 기분이었다.

*

"안녕하세요."

"아이고, 우리 의사 선생님 아니신가~! 어쩐 일로 여기를 다 왔어! 아주 바쁘다고 들었는데."

"지금은 괜찮아요."

"그래? 그러면 다행이고. 혹시 무슨 도움이 필요하면, 언제라도 나한테 말하면 돼요. 우리 선생님 일이라면 발 벗고 나서지, 암!"

"그건 제가 할 말이네요, 면장님."

"으응?"

유진은 쌀쌀맞은 어조로 말했다.

한 마을을 책임진다는 사람이 마약 중독자여서도 순박한 얼굴로 절도죄를 저질러서도 아니었다. 그는 계획이 나흘이나 밀렸기 때문에 화가 났다.

"도움이 필요하면 말씀하지 그러셨어요. 아무리 그래도 병원에 침입하는 건 아니죠. 나흘 전, 아무도 없는 병원에서 대체 뭘 하신 거예요?"

"…"

면장은 웃는 얼굴 그대로 굳어 버렸다. 그는 호철이 박장대소하는 소리를 듣고 정신을 차렸다.

난데없는 웃음에 유진은 깜짝 놀랐다.

"으하하! 면장님! 빨리 이실직고 안 하면 내가 말한다? 내 입에서 나올 말은 훨씬 더 노골적일 테니, 알아 두고!"

호철은 웃다가 흘린 눈물을 닦으며 뜻 모를 말을 했다. 유진은 도통 알아들을 수 없는 말을 면장은 제대로 이해한 모양이다.

땅이 꺼질 듯이 한숨을 쉰 그는 모든 것을 털어놓았다.

"네놈한테 뭘 묻지 말았어야 했는데… 어휴, 누굴 탓하겠어. 다 내 팔자지. 아, 선생님. 안 그래도 CCTV가 있다는 말에 여간 불안한 게 아니었는데, 결국 이렇게 들켰네요. 어휴… 제가 일부러 그런 건 아니고요, 사정이 급하다 보니 어쩔 수 없이,"

"어휴, 그러다 날 새우겠수, 아저씨."

"이놈아! 나도 말 좀 하자!"

호철의 타박에 면장은 분통을 터트렸다.

"하여튼, 저는 진짜로 그렇게까지 할 생각은 없었는데 말입니다. 어느새 병원에 발이 가닿아 있지 않겠습니까? 무릇 나이를 먹은 남자라면 그렇듯, 본능이 그런 것을 어쩌겠습니까. 그놈의 정력이 뭐라고…"

"…네?"

"우리 면장님이 자꾸 포장하시네. 정력제 훔치려고 병원에 갔다는 말을 뭘 그렇게 길게 하고 있어."

"…"

"이놈아! 너도 나이를 먹으면 다 알게 될 거다! 그게 그렇게 쉽게 포기가 되는 게 아니라니까?"

"누가 포기하랬어? 면장님 욕심이 과한 거지, 그건. 나이깨나 잡수신 양반이 이십 대의 정력을 바라면 안 되지."

"칠십을 먹어도 청춘을 바라는 게 바로 남자야!"

"남자란 이유로 나까지 도매금으로 엮지 마쇼. 난 그런 거 모르니까. 칠십이면 칠십인 거지, 스물은 무슨… 그건 양심이 없는 게 아니라 생각이 없는 거지. 참 나."

"너도 칠십 돼 봐라! 그런 말 할 수 있나!"

면장은 목에 핏대까지 세웠다. 사람 좋은 얼굴에서 웃

음 걷히자, 주름이 자글자글한 노인의 얼굴이 드러났다. 평범하기 짝이 없는 그 얼굴은 유진이 기대한 게 아니었다. 그는 범죄자이자 마약 중독자를 대면하길 바랐다.

유진은 일말의 기대감을 버리지 못했다.

"그래서, 대신 다른 약을 훔치셨나요?"

"으응? 그게 무슨 소리야?"

"원하던 정력제 대신 다른 약을 가져가셨냐고 물었습니다."

"엑? 아니? 난 그날 빈손으로 나왔어! 저, 우리 할멈이 다 알아! 내 얘기를 듣고 어찌나 구박하던지. 앞으로는 병원 근처엔 얼씬도 하지 말라고 하더라고. 아프면 그냥 죽으라는 건지, 원… 하여튼, 그 양반도 혹시 내가 저, 뭐냐, 그 몰래 들어가는 거 있잖아."

"무단 침입이요?"

"그렇지, 그거! 그걸로 잡혀갈까 봐 걱정을 많이 하더라고. CCTV가 있다니까. 근데, 그거 보면 알겠지만, 난 침입은 했어도 절도는 안 했네."

"…"

유진은 이성적인 사고를 할 수 없었다.

만약 면장이 CCTV가 꺼졌다는 걸 알고 있었다면? 알면서도 모른 척 CCTV를 알리바이로 삼는 걸 수도 있지 않나?

"CCTV는 경비실에 있죠."

"응? 그래?"

"옛날 학교 수위실 열쇠, 가지고 계시죠?"

"아니. 나한테 없는데? 학교가 폐교될 때 잃어버렸어. 그래서 잠그지 않고 열어 뒀지. 이번에 리모델링하면서 자물쇠를 새로 했다던데? 그 열쇠는 나한테 없지. 아, 그… 이 열쇠라면 줄게."

머쓱한 얼굴로 머리를 긁적인 면장은 작은 열쇠를 건넸다. 유진은 그것이 이중 금고의 열쇠라는 걸 한눈에 알아봤다.

"금고 취급하는 양반이 국민학교 동창이야. 그래서 하나 더 만들어 달라고 졸랐지. 핫! 혹시, 그 양반 신고할 건 아니지?"

유진은 차라리 울고 싶었다.

박 씨도 그렇고 면장도 그렇고, 마을 사람들이 저지른 일은 하나같이 다 위법이 분명했다. 하지만 유진은 잡범이 아닌 진범을 원했다. 정확히 말하면, 진범이 가진 모르핀을.

"금고 열쇠까지 복사해 놨어? 영감님, 이러다가 진짜 범죄자 돼!"

호철이 호들갑을 떨었다.

"난 진짜 열어서 보기만 했어! 자네가 알려 준 그 알약 있잖아. 왜, 서울 사람들이 먹고 끔뻑 죽는다는 그거."

"아이고, 그건 그냥 낭설이라니까!"

"아니 땐 굴뚝에서 연기가 나나? 분명 그런 게 있다니까!"

"앞으로 우리 면장님 앞에서는 찬물도 함부로 못 먹겠네, 거참."

호철은 혀를 찼다. 시답잖은 농담 따먹기를 하다가 나온 말인데, 면장이 그것을 진실로 믿을 줄은 몰랐다.

"아니, 나는… 서울에서 금고로 나를 정도의 약이면 분명 그거라고 생각했으니까. 근데 뭘, 물약이 있더라고? 아이고, 파란 알약이 아니면 고 조그만 물약 세 병 따위가 다 뭔 소용이야. 딱 봐도 금고에 둘 만한 물건은 아니더구먼, 왜 거기에 놨나 몰라. 하여튼 난 그 길로 병원을 나왔네. 쩝. 이 나이 먹고 창문까지 넘었는데 얻은 게 없으니 나도 속상해."

아, 끝났다. 유진은 이로써 면장을 향한 의심을 다 거

뒤들였다.

배달된 모르핀은 정확히 세 병이었다. 금고 열쇠까지 이실직고한 마당에 수위실 열쇠가 없다고 거짓말하는 것도 말이 안 됐다. 결정적으로, 면장은 모르핀의 가치를 전혀 몰랐다. 모르핀 세 병이면 정력제와 비슷한 효능을 낼 수 있는 약을 백 정 이상 구매하고도 남는다.

"속상하긴 개뿔. 설령 그런 약이 있더라도 훔치는 건 안 되지. 여기 힘들게 왕진까지 다니는 의사 선생도 있는데, 어떻게 그런 말을 해요?"

호철은 드물게 화를 냈다.

찔끔한 표정의 면장이 비굴하게 웃으며 거듭 사과했다. 열쇠 불법 복제에 무단 침입까지 저질렀으니, 그는 입이 열 개라도 할 말이 없었다.

"…금고, 그때 금고 문은 잠그셨나요?"

유진은 퍼뜩 정신을 차리고 다급히 물었다.

"어디 보자… 아이고, 아닌 것 같은데? 근데, 뭐. 우리 마을에는 그런 째깐한 물약 같은 거 훔쳐 갈 만한 사람이 없어. 그게 뭔 돈이 된다고."

"그렇군요… 아파서 병원에 왔던 게 아니라니 됐습니다. 그럼."

"어어…? 선생, 같이 가!"

유진이 뛰듯이 자리를 뜨자 서진의 손을 잡은 호철도 다급하게 뒤를 따랐다. 그가 갑자기 우뚝 멈춰 서자 호철과 서진 역시 걸음을 멈췄다.

"모르핀, 유호철 씨가 훔쳤습니까?"

"…뭐어?! 그게 대체 무슨 말이야?"

용의자 셋 중 둘이 결백하다는 게 밝혀졌으니 남은 것은 호철뿐이다. 그러나 그는 이미 용의선상에서 제외되지 않았나. 유진에겐 더 이상 여유랄 게 없었다. 그는 뒷일을 생각하지 않고 말을 쏟아 냈다.

"유호철 씨는 금고에 든 약이 어떤 건지 알고 있었고, 또 그게 없어진 시간대에 병원을 드나들었어요. 그러니, 당신이 아니면 대체 누구란 말이죠?"

"그 중요한 약이 없어졌다니 금시초문인데. 정말이야?"

"말 돌리지 마시고요."

"…그러니까, 내가 나흘 전에 왜 병원에 갔는지가 궁금한 거지?"

"네."

"이따가 말해 준다고 했지만… 선생은 그걸 기다릴 생

각이 없고."

단호한 유진의 표정을 본 호철은 고개를 끄덕였다. 그가 유진의 입장이더라도 똑같이 추궁했을 터였다.

"나 참… 그렇게 큰일이 생겼으면 진작에 상의했어야지. 푸후, 그래, 내 알리바이가 궁금하다 이거지? 자, 가자고."

"네? 어딜요?"

"내가 범인이 아니라는 증거를 보여 줄게."

유진은 군말 없이 호철의 뒤를 따랐다. 호철은 병원 정문에서 걸음을 멈췄다.

"병원 정문은 대로변 근처에 있지. 그래서 주변 주택가에 사는 사람이라면 누구나 정문을 오가는 사람들을 볼 수 있어. 여기까진 오케이?"

"네."

"그럼, 따라오라고."

호철은 유진을 끌고 정문 울타리와 맞닿은 길을 따라 걸었다. 인도는 점점 좁아졌다. 길은 어느 순간 나무로 둘러싸인 산길로 바뀌었다. 주위를 둘러보던 유진은 발을 딛고 있는 곳이 병원 근처의 뒷산이라는 걸 깨달았다.

산길은 잘린 밑동에 이르러서 끝났다. 낯익은 후문을

본 유진은 귀신에 홀린 기분이었다.

"어떻게…?"

"원래 건물이 산을 접하고 있어. 후문을 기준으로 왼쪽이 인도, 오른쪽이 산이야. 그럼, 여기서 문제. 누군가 산을 탄 다음 후문을 넘으면, 들킬까?"

주변을 두리번거리던 유진은 고개를 저었다. 후문의 왼편이라면 모를까, 오른편에는 인가라고 할 법한 집이 없었다.

"두 번째로, 과연 내가 남들 다 볼 수 있게 정문으로 들어가서 도둑질했을까? 이렇게 들키지 않을 방법이 있다는 걸 아는데?"

"아…"

유진은 실망이 역력한 탄식을 뱉었다. 그의 말이 맞았다. 만약 호철이 모르핀을 훔칠 작정이었다면 누구도 그가 침입한 사실을 몰랐으리라.

"그러면 대체 왜 병원에…?"

"쳇. 말하기 싫었는데 말이야."

입술을 비죽인 호철은 의뭉스러운 미소를 입에 걸쳤다. 그의 목소리는 마치 공범자에게 범죄의 감상을 묻는 것처럼 야릇했다.

"선생, 김치찌개는 잘 먹었나? 아니면 출처도 모르는 음식이라고 그냥 버렸을까?"

"아…!"

유진은 탄성을 터트렸다. 드디어 아이스 팩과 김치찌개의 의문이 풀렸다.

"반응을 보니, 역시 열어 봤군."

"잘 먹었습니다…?"

"참 나. 공치사 듣자고 꺼낸 말인 줄 아나? 어쨌든 내가 병원에 갔던 건 그것 때문이야."

"김치찌개를 보관하기 위해서요?"

"푸하하! 선생, 의외로 재밌네? 설마 그랬을 리가. 그건 그냥… 내 낭만 같은 거야."

"네?"

"병원에서 밥 먹는 거. 다른 말로 병원 밥 빌어먹는다고 하지."

말은 거칠었지만 호철의 표정은 씁쓸했다. 그에게도 사정이 있는 게 분명했다. 호기심이 불쑥 고개를 들었다. 그러나 유진은 망설였다.

먼저 운을 뗀 것은 호철이었다.

"개천에서 용 난다는 말, 선생은 들어봤어?"

"…"

유진은 침묵했다.

호철은 다른 서울내기가 그러하듯 유진도 똑같을 거라고 어림짐작했다. 서울에서 의사가 된다고 해서 개천에서 용 났다는 표현을 쓰진 않으리라.

자기 연민에 빠진 사람이 으레 그렇듯 그가 관심 있는 것은 오로지 그의 감정뿐이었다.

"내가 약사가 돼서 고향에 돌아왔을 때, 가족이나 마을 사람들이 그러데. 개천에서 용이 났다고. 하… 근데, 사실 난 의사가 되고 싶었거든."

"의대를…"

섣불리 말을 뱉은 유진은 곧 후회했다. 호철의 표정이 잔뜩 일그러진 탓이다.

"다 떨어졌지, 뭐. 그나마 합격한 게 비슷한 계열인 약대였어. 차라리 다행인가 싶더라. 내 깜냥이 딱 거기까지라는 거니까."

"…"

"뭐어, 칠전팔기라고 하니까 계속해서 도전하면 언젠간 됐겠지. 근데 무슨 돈으로 계속 공부를 하겠어. 약대가 내 운명이겠거니 하고 받아들인 거지. 그래도 아쉬움이 좀 남았나 봐."

"아…"

"병원에서 일하고, 거기서 주는 밥 먹는 거. 딱 그걸 해보고 싶었어. 이해가 안 되지? 괜찮아, 나도 그래."

유진은 딱히 호응하지 않았다. 호철도 유진의 반응은 신경 쓰지 않고 말을 이었다.

"하필 김치찌개가 뭐야, 김치찌개가. 나 참… 요 앞 슈퍼에서는 왜 그런 것밖에 안 파나 몰라. 좀 세련되게 뭐, 파스타 이런 걸 팔면 어디가 덧나나? 뭐, 그래 봤자 레토르트겠지만 적어도 분위기는 잡을 수 있겠지."

"불법 침입한 시점에서 이미 분위기라고 할 것도 없는 거 아닌가요."

"푸하하! 그건 선생 말이 맞네! 아이고, 범죄를 저지르면서 분위기 타령을 하다니 내가 미친놈이야, 그치?"

호철은 크게 폭소를 터트렸다. 그는 웃음을 멈출 줄 몰랐다. 별로 우습지도 않은 말에서 시작된 웃음은 눈물로 끝났다.

유진은 반짝이는 액체를 모른 척 넘겼다.

"하여튼!"

마른세수로 눈물을 거칠게 닦은 호철이 상쾌한 어조로

설명을 마쳤다.

"그게 바로 병원 침입 사건의 전말이야. 그냥 청승 떨려고 갔어. 정문으로 들어가서 정문으로 나왔고. 자, 의문은 좀 해결됐나?"

"…아뇨. 더 커지기만 했는데요."

결국 마지막 용의자까지 결백하다는 뜻이다. 유진은 음침히 대꾸했다.

호철은 드물게도 걱정스러운 표정을 지었다.

"정말로 모르핀을 도둑맞은 거야? 그날?"

"네. 범인을 빨리 찾아서 없던 일로 하지 못하면, 신고해야 해요. 신고 후에 수사 기관에서도 범인을 못 찾으면…"

"병원이 위험한 거구나."

비슷한 업계에 종사하기 때문일까, 호철은 별도의 설명 없이도 말귀를 알아들었다.

유진은 갑자기 가운을 잡아당기는 서진의 머리를 작게 다독였다. 그의 불안이 아이에게 전염된 것이 틀림없으나 유진은 그를 달래줄 만한 기운이 없었다. 작은 토닥임이 그의 최선이었다.

"선생도 골치 아프겠네. 근데 뒷산으로 후문에 접근

하는 거, 나 말고도 많은 사람이 알아. 제일 정확한 게 CCTV를 확인하는 걸 텐데, 봤어?"

"..."

"쯧, 면장님을 추궁할 때부터 알아봤지만, 역시 CCTV에 문제가 있구나?"

"아직 개업 전이었어요. 굳이 그걸 가동할 필요성을 못 느꼈죠."

유진은 적당히 거짓말했다. 호철에게 모든 걸 고백할 수는 없었다. 그가 도와주기는커녕 방해할 게 뻔했다.

결국 또 원점이라는 생각에 유진은 치가 떨렸다. 그의 표정을 본 서진은 잡았던 가운을 소리 소문 없이 놓았다.

호철이 서진의 손을 잡으며 애써 발랄하게 말했다.

"뭐, 이미 벌어진 일을 어쩌겠어. 너무 심각하게 받아들이지 말고, 김 간호사랑 상의해 봐. 미경이, 웬만한 산전수전은 다 겪어 봐서 이런 일로는 눈 하나 깜빡 안 할 걸. 마침 저기 오네. 서진이는 내가 데려다줄게. 그럼, 나중에 어떻게 됐는지 알려줘."

한 손은 서진의 손을 잡고 다른 손은 머리 위로 올려 인사하던 호철은 곧 점이 되어 사라졌다. 그와 교대라도 하듯, 김 간호사가 탄 차는 점점 더 가까워졌다.

주차를 끝낸 김 간호사는 곧바로 상황을 보고했다.

"다녀왔습니다. 병원 결과는 빨라도 내일 나온대요. 일단 홍 씨 할머니는 댁에 모셨어요. 그런데, 서진이는 어디에 있죠?"

"방금 유호철 씨가 데리고 갔습니다."

"그렇군요. 그러면 호철이한테 전화 한 통만 할게요."

유진은 대답 없이 고개를 끄덕였다. 김 간호사는 전화를 걸어 빠르게 상황을 설명하고 통화를 종료했다.

"선생님, 이제 오후 진료를 시작하실 건가요?"

"…세 분 다 아니시더군요."

"네? 갑자기 무슨 말씀인지…"

"이분들이요. 세 분 모두 범인이 아니에요."

유진은 가운에서 바스락거리는 종이를 꺼냈다. 종이는 그의 기분만큼이나 힘없이 바닥으로 추락했다. 김 간호사는 종이에서 눈을 떼지 못했다.

"진료는 끝났습니다. 오늘부로 영원히."

유진은 우울하기 짝이 없는 어조로 선언하고 병원으로 들어갔다. 3층을 향해 뚜벅뚜벅 걷는 그의 눈에서 눈물방울이 끊임없이 떨어졌다.

모르핀으로 죽는 건 그가 의사이기에 할 수 있는 일이

었다. 유진은 그것조차 실패했다.

과거의 무수히 많은 실패 역시 그가 의사였기에 벌어진 일이 틀림없었다. 그가 아닌 다른 사람이 의사였다면, 가령 호철과 같은 군상이 동일한 수술을 집도했다면 결과는 완전히 달랐으리라.

결국, 자신은 실패할 수밖에 없는 인간이다.

소리 없이 오열하던 유진은 누군가 그의 곁에 다가온 것도 몰랐다. 침대에 살짝 걸터앉은 김 간호사는 조심스럽게 그의 등에 손을 올렸다.

소스라치게 놀란 유진이 눈물범벅인 얼굴을 들어 올렸다. 이를 악문 김 간호사가 보였다.

"…도대체 선생님께서 왜 이러시는지 정말 알고 싶어요."

김 간호사는 떨리는 목소리로 말을 이었다.

"제 짐작이 맞는다면, 부디 틀리기를 바라지만, 정말 그렇다면 전 진짜 선생님을 용서하지 못할 것 같아요."

말을 끝낸 김 간호사는 말릴 새도 없이 유진의 팔을 걷어 올렸다. 어깨에 닿을 정도로 말려 올라간 가운이 처량맞게 구겨졌다.

날카로운 눈으로 유진의 팔목을 확인한 김 간호사는

이번엔 발을 노렸다. 숨 쉬듯 이어진 동작은 빠르고 정확했다. 그를 말릴 기운이 없는 유진은 손 하나 까딱하지 않았다. 김 간호사는 유진의 맨 발등을 뚫어져라 쳐다봤다.

유진의 몸에 주사 자국이 없다는 걸 두 눈으로 확인하고 나서야 김 간호사는 안도했다. 벌떡 일어난 그는 허리를 반으로 접으며 사과했다. 의심이 사라진 자리를 미안함이 채웠다.

"죄송합니다. 선생님 몸에 함부로 손을 대서 정말 죄송해요. 제가 무례했어요."

"…제가 중독자라고 생각하셨습니까?"

잔뜩 갈라진 목소리가 튀어나오자, 유진은 약간 당황했다. 김 간호사의 돌발 행동에 깜짝 놀라 눈물은 이미 멎었다.

김 간호사는 민망하게 웃으며 머리를 긁적였다.

"그게 아니라면 대체 왜 모르핀에 그렇게 신경을 쓰셨겠어요. 전 정말로… 애초에 중독자도 아니면서 신고는 왜 안 하신 거죠? 물론 진 선생님이 연명 치료를 편하게 받을 기회가 사라지는 건 안타깝지만, 그렇다고 문제를 아예 덮을 수는 없는 일이에요. 차라리 빨리 신고하는 게 병원이라도 지킬 수 있는 방도라고요."

유진은 되는 대로 지껄였다. 이젠 아무래도 좋았다.

"의사가 없으면 병원도 없어지겠죠."

"그게 무슨…? 선생님이 여기 계시잖아요. 의사인 선생님이 사라지지 않는 한 병원은 무사할 것, …"

유진은 실소했다.

김 간호사는 그 웃음에서 우울과 체념을 읽었다. 조력자살 간호사로 근무한 경력이 아니었다면 눈치채지 못했으리라. 김 간호사는 두 손으로 입을 틀어막으며 경악했다.

유진은 그가 당장에라도 병원을 뛰쳐나가 마을 사람들을 불러 모으고, 그 뒤에 자신을 정신 병원으로 보내 버리더라도 이상할 게 없다고 생각했다. 정상인이 보기엔 그는 어지간히 미친 인간이 분명할 테니까.

그는 차라리 김 간호사가 빨리 뛰쳐나가길 바랐다. 혼자 있는 시간을 조금이라도 확보해야 전통적인 방법을 시도해 보지 않겠는가. 유진의 머릿속은 메스나 병원에 있는 약물들로 어지러웠다.

3층은 너무 낮다고 생각할 무렵에, 김 간호사가 침묵을 깼다.

"왜 그런 생각을 하셨어요?"

"…뭐라고요?"

"왜 죽으려고 하냐고요. 어디가 아프세요?"

멈칫한 유진은 곧 김 간호사의 특이 이력을 떠올리며 대꾸했다.

"차라리 아프기라도 했으면 좋았을 텐데요. 기왕이면 말기로요."

"선생님, 저 진지해요."

유진은 작게 한숨 쉬었다. 그의 결심을 막을 수 있는 것은 없으며, 김 간호사에게 자초지종을 말한다 한들 달라지는 것도 없다.

그러나 정작 그의 입에서 나온 말은, 형편없는 고해 성사였다.

"내 어머니를 죽인 게, 바로 나예요."

7장

어머니와 비참함으로 얼룩진 과거

*

유진도 장밋빛 미래를 꿈꾸던 때가 있었다.

의사였던 아버지는 그가 태어난 다음 해에 죽었다. 홀어머니가 하루 13시간씩 일하며 그를 뒷바라지할 때도 유진은 마음속으로 행복한 미래를 그렸다. 마침내 의사가 됐을 때 그는 드디어 안도했다. 모든 것이 잘 풀릴 일만 남았다고 생각했다.

환자가 처음으로 그의 곁을 떠났을 때, 수술을 마친 환자가 다시는 눈을 뜨지 못했을 때, 그때부터 확신은 흔들리기 시작했다. 한 명이 두 명이 되고, 두 명이 셋, 그리고 더 이상 무시할 수 없는 숫자가 됐을 때 그 시점에서 의사라는 직업을 내려놔야 했던 걸지도 몰랐다.

외과의라는 오만함이, 어머니의 자랑스러운 웃음이 유진으로 하여금 실패를 인정할 수 없게 만들었다. 인정할 생각이 없었다는 게 더 정확하리라. 자신은 아버지의 업을 이어받은 의사였으며 어머니의 자랑이었고 절대 무너질 수 없는 집안의 가장이었다. 그러니 틀려서는 안 됐다. 실패할 수 없었다.

"수술은 언제나 위험이 따라요. 선생님도 아시잖아요."

이야기를 듣던 김 간호사는 안타까운 얼굴로 유진을 위로했다.

"제가 얼마나 최악이었는지 이해를 못 하시네요."

"네?"

"어쩔 수 없는 일이었다고 생각한 적이 없습니다. 나 때문이 아니라고 생각했죠. 그러니 자연스럽게… 그 책임을 다른 누군가에게 돌렸죠."

"…선생님."

차라리 책임 소재를 따지지 않았다면 양상은 사뭇 달랐을 것이었다. 대부분의 의사가 그러하듯 그것은 어쩔 수 없이 벌어진 일이라고, 인간의 영역에서는 결코 예측도 방비도 할 수 없는 필연적인 문제로 말미암아 벌어진 일이라고 생각했더라면.

자신 대신 탓할 대상이 필요해진 그가 표적으로 삼은 것은, 환자였다.

"수술 전날 안내한 수칙을 철저하게 따르지 않았다고, 평소 식습관이 엉망이었기 때문이라고, 의사에게 증상을 더 소상히 말하지 않았기 때문이라고… 그게 내가 보호자들에게 했던 말입니다."

김 간호사는 덜컥 말문이 막혔다.

한때 수술실 간호사로 일했던 그는 테이블 데스*를 들은 보호자의 표정을 알았다. 남겨진 보호자는 언제나 후회한다. 자책은 마치 영혼의 단짝이라도 된 듯 그들에게서 떨어지지 않는데, 고인을 잊을 때쯤 옅어진다. 그러나 떠난 이를 완전히 잊는 사람이 얼마나 되겠는가.

안내 수칙을 잘 따르는지 더 철저히 감시했더라면, 식습관을 바꿀 수 있게 도왔더라면, 사소한 불편을 말할 때 더 귀를 기울였더라면…

유진은 그들의 가슴에 소금을 뿌린 것이다.

"내가 그들과 같은 입장이 될 줄은 몰랐죠."

* 수술 중 사망.

유진이 건조한 웃음을 터트렸다.

"어머니가 복통을 호소한 건 꽤 오래된 일입니다."

모친은 그가 다 큰 다음에 제대로 된 검사를 받겠다고 약속했다. 유진이 성인이 되자 그가 의사가 되는 것보다 급한 건 없다고 했다. 결국 제대로 된 검사를 받은 것은 너무 늦은 시점이었다.

"암이었습니다."

"…"

김 간호사는 일순 숨이 턱 막혔다.

"간암이었고, 4기로 넘어가는 3기였죠. 그나마 수술할 수 있다는 게 천운이라고 생각했습니다. 수술하길 꺼리는 엄마를, 내가…"

목이 멘 유진은 잠시 말을 멈췄다.

"내가 설득했죠. 수술만이 답이라고. 다 나을 수 있다고. 무슨 외과의가 신이라도 된 것마냥 자신만만하게 말했습니다. 그거면 된다고."

"선생님…"

"내가 오만함에 찌든 멍청한 인간이 아니었다면, 자기 잘못도 인정할 줄 모르는 머저리가 아니었다면, 어머니는 그렇게 돌아가시진 않았을 겁니다."

"그건…"

"그동안 보호자들에게 했던 말들, 그제야 그게 얼마나 상처가 되는 말인지 알겠더군요. 그런데 그 사람들은 적어도 나보단 나았습니다. 최소한… 최소한 내가 엄마 딸이라면 그분 의사를 존중해야 했습니다. 그들이 그랬듯이요. 나는, 난… 그건 내 잘못입니다."

"나 때문에, 우리 엄마가 죽었어요…"

유진은 소리 없이 오열했다. 그는 울음기 섞인 목소리로 절규했다.

"나는 내 환자를 죽였고, 그 보호자들의 마음마저 짓밟은 걸로도 모자라, 결국 내 엄마마저 죽여 버렸습니다. 그런 내가 살 가치가 있습니까? 의사로서, 인간으로서 대체 내 삶에 무슨 가치가 있습니까!"

오만한 의사였던 그의 곁에 남은 환자가 있을 리가 없다. 홀어머니를 모시고 살던 그의 곁에 더 이상 남은 가족이 있을 리도 없다. 오롯이 혈혈단신인 그는 이제는 살아갈 용기가 없었다. 삶을 지탱할 기둥이 하나도 없는 것이다.

김 간호사는 그가 응어리를 쏟아 내는 동안 침묵을 고수했다. 목 놓아 울던 유진이 진정되고 나서야 그는 입을 열었다.

"서울의 병원에서 상담사를 붙여 주지 않았나요?"

유진은 멍청히 김 간호사를 쳐다봤다. 김 간호사는 그 눈빛에도 아랑곳하지 않았다.

"왜냐면, 난 그랬거든요."

유진의 눈이 크게 뜨였다. 눈에 고인 눈물이 볼에서 미끄러지더니 바닥에 둥근 자국을 만들었다.

"어머니의 조력 자살을 돕고도 스위스에서 일 년을 더 근무하니까, 미쳤다고 생각한 모양이에요. 복귀하자마자 상담사를 붙이더라고요."

유진의 말문이 턱 막혔다. 조력 자살 간호사로 근무한 이력에 그런 비화가 숨겨져 있을 줄은 꿈에도 몰랐다.

"이런 우연이 또 있을까 싶네요. 우리 엄마는, 간암 4기였거든요."

기막힌 우연이었다. 유진은 저도 모르게 입을 벌렸다.

"엄마는… 글쎄요, 처음부터 포기하실 생각은 아니었던 것 같아요. 일단 싸워 보자고 결심하셨다가 결국 굴복하신 거죠. 누구나 항암 치료를 쉽게 견딜 수 있는 건 아니니까요. 수술은 애초에 불가능한 상태여서 일단 화학 요법부터 했는데… 나중에는 살아도 산 것 같지 않다고 하시더군요."

"…"

"우리 아버지는 제가 중학생 때 돌아가셨어요. 당신도 암이었고, 어머니는 항암 과정을 다 지켜보셨죠. 그래서 그게 얼마나 힘든지 이미 알고 있었대요. 제가 없었다면 아예 시작하지도 않았을 거라고… 어쨌든, 결국은 포기하셨죠. 차라리 빨리 떠나고 싶어 하셨어요. 고통을 더 오래 겪고 싶지 않다고요. 저는…"

"반대하셨겠군요."

김 간호사는 단호하게 고개를 끄덕였다.

과거를 읊는 그의 눈은 완전히 메말라 있다. 오래전에 모든 일을 가슴에 묻었기 때문이다. 모친이 마지막 순간에 행복하게 웃으며 눈을 감지 않았다면 이렇게 평온할 수 없었으리라.

"처음에는요, 엄마한테 미쳤다고 했어요. 저는 그분 딸이자 간호사예요. 어떻게 병마와 제대로 싸워 보지도 않고 포기한다는 걸, 그것도 가장 최악의 형태로 항복하신다는 걸 받아들일 수 있겠어요? 의사가 제안한 것도 아닌데 스스로 그런 결정을 내리다니 말도 안 된다고 생각했죠."

"환자에게 안락사를 제안하는 의사가 있을 성싶군요."

"있을 수도 있죠. 제 눈앞에는 자살하려는 의사도 있는 마당인데."

김 간호사는 눈을 흘겼다. 유진은 손바닥으로 두 눈을 덮어 버렸다. 힐난하는 눈을 보고 싶지 않았.

김 간호사는 담담한 어조로 설명했다.

"스위스나 자기 결정권을 존중하는 국가의 의사는 그런 제안을 해요. 가망이 없는 환자가 오랜 시간 무의미하게 고통받는 걸 누가 보고 싶겠어요. 물론 금전적인 문제도 있고…"

"말만 들으면, 간호사님은 조력 자살 옹호자인 것 같네요."

"…틀린 말은 아니네요."

"그렇습니까?"

"내가 엄마의 죽음 이후에도 그곳에 머문 건, 뭐라도 찾고 싶어서였어요."

"무엇을요?"

"엄마가 죽음을 결심하게 된, 그러니까 차라리 그게 낫다고 생각한 이유를요."

유진은 눈을 덮고 있던 손을 내렸다. 교대라도 하듯 이번엔 김 간호사가 눈을 가렸다.

"근데 사실 난, 다른 이유를 찾고 있었던 거예요."

"무슨 이유요?"

"엄마가… 그래도 날 떠나고 싶진 않았을 거라고, 그러니까 그 모든 선택이 어쩔 수 없는 거였다는 이유요. 난 그 순간에조차 엄마 인생의 중심이 나이기를 바랐던 거죠. 사실은 당신이 너무 고통스러워서 한 결정에 지나지 않는데…"

"일 년 동안, 그런 결론을 얻은 건가요?"

"사람은 죽을 때 가족이나 피붙이보다는 자기 자신인 것 같더라고요."

얼굴을 가린 손을 뗀 김 간호사는 씁쓸한 웃음을 지었다. 유진은 그 속에서 죄책감과 자기혐오를 읽었다. 그에게도 익숙한 감정이었다.

"그건 아닌 것 같은데요."

"네?"

"얘기를 들어 보니, 어머니께서 그 결정을 혼자서 내린 것 같지 않은데요. 돌아가실 때는 김 간호사님과 함께였고요."

"그야 절차가 그렇게 되니까요."

"모든 조력 자살자가 가족과 함께여야만 하나요?"

"…그건 아니에요. 가족이 입회를 거부하기도 해요. 그러면 혼자 절차를 마치거나 친구와 함께 입회하기도 해요."

"어머니께서는 마지막에 간호사님과 함께 있고 싶으셨던 거네요."

"…"

김 간호사는 일순 멍해졌다. 갑자기 무언가를 깨달은 듯 그는 작게 입을 벌렸다.

"아…"

"짚이는 게 있으세요?"

"엄마랑 홍 씨 할머니는 친구셨어요. 연배는 좀 차이가 났어도, 시골에서는 그 정도 나이 차는 신경 쓰지 않거든요. 한동네 사는 중년이면 다 친구죠."

낯익은 이름에 유진은 흠칫했다. 김 간호사와 서진을 단둘이 남겨 두지 않으려던 홍 씨의 모습이 떠올랐다.

"홍 씨 할머니는 제가 미쳤다고 했어요. 물론 엄마도요. 엄마가 돼서 어떻게 자식한테 죽는 걸 보라고 할 수 있느냐고요. 엄마의 의견을 따르기로 한 저도 다 똑같은 년이라고 하셨죠."

"그래서 서진이를…"

"할머니 입장에선 그런 생각을 하는 사람하고 손자를 같이 둔다는 게 싫으셨겠죠. 산 사람은 살 생각을 해야 하는 법이라고 입버릇처럼 말씀하셨으니까."

참 무신경한 소리라고, 유진은 생각했다. 사는 게 사는 것 같지 않은 사람은 언제나 벼랑 끝에 선 기분으로 살아야 할 텐데. 그건 그것대로 잔인한 일이다.

"엄마는 당신 계획을 딱 두 사람한테만 말씀하셨어요. 홍 씨 할머니랑 저. 그 후로 할머니는 학을 떼며 엄마를 모른 척하셨고, 저는…"

"어머니와 함께하기로 결심하셨죠."

"조금이라도 더 같이 있고 싶었으니까요. 그리고…"

김 간호사의 눈에 눈물이 고였다.

"엄마가 동의서에 적었던 보호자는, 저 하나였어요."

유진은 그게 무슨 의미인 줄 몰랐다. 심호흡을 한 번 한 김 간호사가 부연했다.

"홀로 입회하는 조력 자살자는 보호자 칸을 비워 둬야 해요. 아니면 보호자의 동의서를 받아야 하거든요. 홍 씨 할머니는 대놓고 싫어하셨으니 당연히 안 쓰셨겠지만, 저는 다르죠. 만약 제가 반대했더라면…"

"아예 입소도 못 했겠군요?"

"네, 맞아요."

"어머님도 마지막은 따님과 함께이길 바라셨나 봅니다."

"…"

김 간호사는 고개를 떨궜다. 바닥에 동그란 눈물 자국이 생겼다. 유진은 모른 척 고개를 돌렸다.

"난, 내가 한 일, 절대 후회하지 않아요."

울음을 멈춘 김 간호사는 단호히 말했다. 충혈된 눈이 밝게 빛나고 있었다.

유진은 그를 물끄러미 보다가 대꾸했다.

"그러면 제가 죽으려는 것도 이해하신다는 말씀,"

"헛소리 말아요."

김 간호사는 단칼에 부정했다.

"내가 이해하는 건 치료할 가망이 아예 없고 죽을 만큼 고통스러운 사람이 조금 더 일찍 운명을 따르는 일뿐이에요. 선생님은 불치병에 걸린 것도 아니고, 살아서 할 수 있는 일이 더 많은 분이죠. 제가 어떻게 선생님을 이해하겠어요?"

"난 이미 살인자입니다."

"의료 행위를 하다가 환자가 죽었다고 의사가 살인죄로 기소되진 않아요. 선생님이 수술실에서 실수하신 것도 아니잖아요."

"그랬을지도 모르는 일이죠."

"봐요. 선생님도 모르면서."

"어머니는 그렇게 가셔선 안 됐어요."

"누구든 수술 결과를 장담할 순 없는 법이고, 선생님은 성공에 희망을 품었던 것뿐이에요. 수술이 성공할 거라고 믿었다고 죽을죄를 진 건 아니잖아요?"

"난 그렇게 믿습니다."

"선생님."

"육신만 죽을 만큼 고통스러울 수 있는 건 아닙니다. 살아있는 내내 난 죄책감에 고통받겠죠. 다시는 메스를 잡을 수도 없어요. 수술장에 누워 있는 환자가 죄다 엄마로 보이니까. 그다음에는 무슨 일이 벌어지는 줄 아십니까? 수술장은 바로 피바다가 됩니다. 메스를 들고, 살을 갈라, 결국 그들이 피를 쏟으며 죽게 만드는 건, 항상 납니다!"

"선생님! 지금 있지도 않은 일을 말씀하고 계신 거예요!"

"그게 일 년 동안 내가 겪은 일상입니다! 매분 매초 난 그 현실 같은 환상에서 산다고요! 난…"

"상담은 아무 소용이 없었군요."

유진이 조용히 흐느끼자 김 간호사가 나직이 읊조렸다.

"하…! 상담이요? 그 사람이 보기에 이건 의사로서 뛰어넘어야 할 허들 하나에 지나지 않습니다."

"다른 상담사는,"

"그놈의 정신 분석! 내 인생에 일일이 꼬리표를 붙이고 그걸 분석하면 모든 게 다 괜찮아진답니까? 그런다고 죽은 엄마가 살아 돌아오거나 죄책감이 영영 사라지기라도 한대요?"

"그분들의 일은 불가능을 가능으로 만드는 게 아니에요. 그저 가능한 일을 조금 더 쉽게 만들어 줄 뿐이죠."

"그게 뭔데요? 빨리 죽는 법을 알려 주는 거?"

유진이 냉소적으로 반문했다. 날 선 반응에도 김 간호사는 침착했다.

"죄책감을 뒤로하고 살 수 있는 비전을 찾는 거요."

"그러니까 내가 엄마의 죽음을 극복하고, 그걸로도 모자라서 삶의 목표를 다시 찾을 수 있단 말입니까? 천애 고아에, 아무짝에도 쓸모없는 돌팔이 의사 주제에?"

"…"

"고작 상담 몇 번으로 그렇게나 대단한 결과가 있을 줄 알았다면, 수십 번이 아니라 수백 번의 상담을 받을 걸 그랬군요. 안 그렇습니까?"

"네, 그러시지 그랬어요!"

더 이상 비꼬는 말을 참지 못한 김 간호사는 고함쳤다.

"화를 내든, 울든, 뭐든! 할 수 있는 건 다 시도해 보지 그러셨어요! 쉽게 자기 인생을 포기하기 전에 뭐라도 해 보지, 왜 안 그러셨냐고요!"

"무엇을 위해 그렇게까지 하냔 말입니다!"

유진의 고함은 김 간호사의 것보다 크지 않았다. 그러나 문장에 담긴 절절함은 큰 목소리보다 훨씬 호소력이 있어서, 미경은 입을 다물 수밖에 없었다.

"열심히 살아야 할 이유가, 이제는 행복할 수 있는 방법이 아무것도 없는데! 대체, 내가 뭘 위해서 그렇게까지 치열하게 살아야 하냔 말입니다. 왜 살아야만 하냐고요…"

문장의 끝은 언어가 아닌 감정이었다. 유진은 눈물이 터졌다는 것도 눈치채지 못하고 핏발 선 눈으로 미경을 노려보았다.

"…선생님이 본인에게서 삶의 원동력을 찾지 못하겠다면, 다른 사람을 위해 사는 것도 방법이 될 수도 있어요."

"…"

"저는 여전히 선생님의 생각에 공감하지 못해요. 지지할 생각도 없고요. 그리고 이 말씀은 꼭 드리고 싶네요. 내일, 병원 문 여는 것 잊지 마세요."

단호하게 말한 미경은 유진에게 등을 돌려 3층 계단 앞에 섰다. 그때 유진의 중얼거림이 그의 귀에 꽂혔다.

"애초에 내 삶의 원동력은 나였던 적이 없습니다. 그건 언제나 어머니였어요…"

처절한 읊조림을 들은 미경은 귀를 떼어 박박 씻고만 싶은 심정이었다. 유진의 말이 그토록 절절하지만 않았어도, 혹은 그처럼 공감이 가지만 않았어도 이렇게 흔들릴 일은 없었으리라.

계단을 내려가는 미경의 다리는 폭풍에 휘말리기라도 한 듯 후들거렸다. 벌렁대는 심장이 가라앉을 생각을 하지 않았다.

이윽고 집에 도착한 미경은 현관문 앞에 스르르 주저앉았다.

8장

뜻하지 않은 조력자가 생겼을 때

*

 지그시 감긴 유진의 눈이 번쩍 뜨였다. 반짝이는 아침 햇살이 창문을 넘어 그의 눈에 가닿았을 때였다.
 유진은 어리둥절했다. 분명 침대에 누운 기억이 없었다. 벌떡 일어난 그는 전날의 일이 꿈이었는지 가늠해 보다가, 간이 싱크대에 놓인 두 번 접힌 종이를 보고 실소했다. 미경과의 대화가 꿈이라면 바닥을 뒹굴던 종이가 어떻게 저 위에 있겠는가.
 유진은 자괴감에 손바닥에 얼굴을 묻었다. 성인이 된 후로 그렇게나 노골적으로 속내를 털어놓은 적이 없었다.

그는 싱크대 수전 아래 얼굴을 들이밀었다. 낯부끄러운 어제가 흐르는 물과 함께 사라진다면 얼마나 좋을까. 전화벨 소리가 울리지 않았다면 유진은 온종일 그렇게 있을 것이었다.

"여보세,"

"선생! 잘 잤나?"

"…유호철 씨?"

"뭘 우리 사이에 내외하듯 성까지 붙여! 그냥 호철이라고 해."

"무슨 용건인가요?"

유진은 호철의 넉살을 무시했다.

"별건 아니고. 미경이가 꼭 아침에 당신을 깨우라더라고. 궁금할까 봐 알려 주는데, 어제 서진이는 잘 데려다줬어. 할멈이 경악했어. 왜 네가 애를 데려오냐면서. 나 참… 솔직히 애는 내가 다 봤는데 말이야. 안 그래?"

순간 찬물이라도 뒤집어쓴 것처럼 심장이 철렁 내려앉았다. 호철의 수다가 허공에 흩어지는 동안 유진의 머릿속에는 오로지 하나의 생각뿐이었다.

비밀을 들켰다.

덜컥 현실적인 걱정이 들었다. 만약 미경이 경찰이나

혹은 정신 병원에 신고했다면? 그의 계획에 강한 반감을 보여 준 미경이니 그렇게 한들 이상할 게 없었다. 호철이 전화한 것도 혹시 시간을 벌기 위해서가 아닐까?

이리저리 다양한 예측을 해 보던 유진은 호철이 여러 번 그를 부르고 나서야 다시 통화에 집중했다.

"…생, 선생, 듣고 있어?"

"네, 죄송합니다. 잠깐 딴생각을 좀 하느라. 그런데, 김 간호사님이 뭐라고 하시던가요?"

"응? 미경이? 뭐, 별건 없고. 오늘은 모닝콜이 필요할 거라던데? 자기는 알아볼 일이 있다고 쉰대."

"네?"

"못 들었어? 김 간호사, 오늘 쉰다고."

"…어제 그런 얘기는 없었는데…"

"안 그래도 미리 말을 못 해서 미안하다고 전해달래. 아, 맞다. 어제 미경이가 정문 열쇠를 나한테 맡겼어. 아까 열어 놨으니 걱정하지 마."

"뭐라고요?"

유진은 경악했다.

재빠르게 창가로 간 유진은 절망했다. 우려가 현실이 됐다. 현관에서부터 시작된 줄이 끝도 없이 늘어서 있었다.

"문 열 때 보니까 이미 줄 서 있는 사람도 있더라고. 뭐, 의사는 당신이니 알아서 잘해 봐. 혹시 도움이 필요하면 언제라도 전화해도."

유진은 두 번 생각하지 않고 통화를 종료했다.

아무리 어제 미경이 당부했다지만 그는 병원 문을 열 생각이 없었다. 모르핀이 사라졌으니 전통적인 방법이라도 시도해야 했으니까. 그러나 혼자만의 시간을 갖는 건 불가능해 보였다. 코앞까지 들이닥친 환자들의 눈을 어떻게 피한단 말인가.

미경에게 전화를 걸려던 유진은 멈칫했다. 어쨌든 그가 유진의 곁에 없는 편이 유리했다. 계획은 진료가 끝난 다음 속행해도 되니까.

유진이 미경 대신 도움을 요청한 사람은 잔뜩 심통이 난 호철이었다. 그가 병원으로 출발한 것은 유진에게 오 분간의 잔소리를 늘어놓은 뒤다.

"자, 이제 다 나가! 한 시간 동안 휴식이야!"

호철의 호통에 잠시 볼멘소리가 일었지만, 환자들은 하나둘씩 병원을 떠났다. 그는 의외로 식사 시간을 엄수했다.

한편, 유진은 아직도 호철의 따발총 같은 목소리에 적응하지 못했다. 그의 목소리는 진료실 문을 그냥 통과했는데 내용은 다양했다. 잔소리, 타박, 그냥 수다… 호철의 점심 선언을 들은 유진은 안도했다. 이제 한동안은 그도 조용하리라.

"선생, 식사해야지? 뭐 먹을래?"

진료실 문을 벌컥 연 호철이 말을 걸자, 유진은 저도 모르게 귀를 매만졌다. 귀에서 피가 나는 것만 같았기 때문이다.

도와주는 사람한테 차마 불평을 할 수 없던 유진은 에둘러 제안했다.

"이제 웬만한 환자분은 다 본 것 같네요. 약국을 이렇게 오래 비워 두게 해서 죄송합니다. 지금부터는 제가 알아서 하겠습니다."

"에헤이~ 정 없는 소리 하기는. 약은 이미 다 싸 왔는 걸? 선생이 처방전 쓰면 여기서 바로 약을 주면 되니 오히려 편해. 약이 어찌나 잘 팔리던지 거의 동났어. 약국 걱정은 안 해도 돼."

유진은 호철의 말에서 일말의 희망을 찾았다.

"약이 다 떨어졌습니까? 그럼 어서 돌아가셔야,"

"그래서 말인데, 우리 식사는 약국에서 하지?"

호철은 유진의 말을 끊고 제안했다.

"…네?"

"쯧, 선생이 얼마나 끼니에 관심이 없는지는 모르는 사람이 없다고. 오죽하면 미경이 걔가 아침을 싸서 나르겠어? 요 앞 슈퍼 아줌마도 걱정하더라."

유진은 소리 없이 탄식했다. 남의 끼니 사정에 다들 이렇게나 관심이 많을 줄이야.

호철은 막무가내로 유진을 끌고 병원을 나섰다.

*

미경은 말다툼에 여념이 없었다.

"아, 글쎄, 그런 거 없대도!"

"아저씨! 진짜 이러시기에요? 제가 아저씨를 알고, 보고 들은 게 있는데!"

"이 사람이 진짜…! 왜 생사람을 잡아, 잡길!"

"그러면 대체 어떻게 폐자재가 쌓인 장소를 아셨는데요? 게다가 절대 한 번에 옮길 양이 아니었다면서요. 아저씨가 그걸 그냥 뒀을 리는 없어요. 분명 감시하던 수단이 있을 거예요, 맞죠?"

"아, 아니래도! 허, 참…! 어제는 그런 거 묻지도 않더니 갑자기 왜 이러는 겨? 내가 도둑질로도 모자라서 설마 CCTV라도 설치했을까 봐?"

"저는 감시 수단이 CCTV라는 말은 한 적 없는데요."

미경이 싸늘하게 대꾸했다. 심증이 있어 고물상 박 씨를 추궁하고 있지만 몇 시간째 무의미한 말싸움에 지쳐 가던 찰나였다. 박 씨의 말실수로 인해 드디어 실마리가 잡혔다.

그때, 걸걸한 목소리가 두 사람의 대화를 끊었다.

"에이! 이 빌어먹을 놈들아! 너희들은 잠도 없냐? 꼭두새벽부터 아주 염병을…! 싸우려면 좀 딴 데서 싸워! 왜 야단스럽게 지랄인지, 원!"

홍 씨가 초록색 대문을 뻥 차며 모습을 드러냈다. 그 대범한 몸놀림에 미경은 경악했다.

"할머니! 그렇게 움직이시면 안 돼요!"

"아, 그럼 그러지 않게 좀 해 보던가! 대체 왜 싸우는데?"

"…아, 미경이 얘가 자꾸 생사람을 잡잖습니까."

박 씨는 이때다 하고는 미경을 탓했다.

"너는 왜 그러고?"

"그게…"

미경은 망설였다. 두 눈을 부릅뜬 채로 그를 노려보는 박 씨가 아니더라도 도둑질을 고자질할 생각은 없었다. 비밀을 지키기로 단단히 약속했기 때문이다.

게다가 안 좋은 소문이 퍼지면 박 씨의 삶이 고달파질 게 뻔했다. 아무리 비밀 없는 마을이라지만 그들 사이에도 터부시되는 것이 있는데, 범죄 행위가 그랬다. 혹은 그 비슷한 행동이라든가. 눈앞의 홍 씨만 해도 모친의 일을 함구하고 있지 않은가.

미경은 홍 씨와 박 씨를 번갈아 보고 한숨과 함께 대답했다.

"별거 아니에요."

"별거 아닌 걸로 몇 시간이나 싸운 거야? 이놈들아, 너희들이 이 주변 사람들 잠이란 잠은 다 깨웠어, 알간?"

"죄송해요."

"크흠, 내가 그러려던 것은 아니고…"

박 씨는 말끝을 흐리며 고개를 숙이는 미경을 흘긋 봤다. 당연히 미경이 비밀을 지킬 줄은 알았지만, 막상 그걸 눈앞에서 지켜보니 희미한 죄책감이 그의 가슴을 쿡쿡 찔렀다.

"아, 됐고. 미경아."

"네."

홍 씨는 변명하려는 박 씨의 말을 단칼에 잘랐다.

"저기 병원에서 연락이 왔다. 검사 결과가 나왔다는데… 크흠, 오늘 시간 되냐?"

"네, 괜찮아요. 그런데 서진이는요?"

"어제랑 똑같이 해야지, 뭐. 설마 오늘 입원하라고 하진 않겠지?"

"그건 결과를 들어 봐야 알죠."

"…에잉. 늙은이가 살면 얼마나 더 산다고 입원까지. 난 그런 거 딱 싫다."

미경은 작게 웃었다. 말은 그렇게 해도 홍 씨는 치료를 마다하지 않을 것이다. 서진과 더 오래 같이 있기 위해서라면 아마 그는 더한 것도 하리라.

"이 얘기는 다녀와서 다시 해요."

박 씨의 집을 나서기 전 미경이 통보했다. 남겨진 박 씨는 입을 모나게 움직이며 투덜댔지만, 그 말을 듣는 이는 하나도 없었다.

홍 씨와 서진, 그리고 미경은 서로 손을 잡고 상면 병원을 향했다. 종합 병원에 가기 위해서는 교통수단이 필요했고, 차가 없는 미경에게는 유진의 자가용이 유일한 수단이었다.

"선생은 병원에 있냐?"

조용히 길을 걷던 홍 씨는 갑자기 말을 붙였다.

"음… 글쎄요. 아마도요?"

유진과 마주치는 게 걱정된 미경은 어물쩍 대답했다. 그 모습을 본 홍 씨는 지나가던 마을 사람을 하나 붙잡아 유진의 근황을 물었다.

홍 씨에게 붙들린 슈퍼의 주인은 몇 분 전 호철과 유진이 이것저것을 사 갔다는 걸 알려 주고 바삐 잰걸음을 놀렸다.

한가한 중년 여성의 머릿속은 마을에 얼마 없는 젊은

이들의 로맨스로 가득했고, 이것은 곧 그의 입을 통해 마을 곳곳에 퍼질 예정이었다.

"약국에서 식사 중이라는구먼."

"흠…"

어릴 때부터 미경을 봐 온 홍 씨는 대답 대신 나온 침음이 만족에서 비롯된 것임을 금방 알아챘다. 혀를 끌끌 찬 홍 씨가 운을 뗐다.

"싸웠냐?"

"제가요? 누구랑요?"

미경은 펄쩍 뛰었다.

홍 씨의 손을 잡고 있던 서진이 신기하다는 듯이 미경을 바라봤다. 다 큰 어른이 커다란 감정 기복을 보이는 모습은 흔히 볼 수 있는 게 아니었다.

"뭣하러 의사 선생이랑 싸운다냐. 아까 박 씨랑도 그러드만… 네 엄마가 안 그러든? 둥글게 살라고."

"…할머니."

홍 씨의 입에서 오래간만에 미경의 모친 얘기가 나왔다. 그동안 두 사람이 암묵적으로 피하던 화제였다.

"저, 뭐냐, 서진이."

미경의 눈을 슬며시 피한 홍 씨가 손자를 불렀다.

"응?"

"어제, 호철 아저씨가 잘 놀아 주든?"

"응."

"그러면 오늘 약국에서 놀 수 있겠지?"

"어제랑 같은 시간까지?"

"그럼! 내가 저기 의사 양반 협박이라도 해서, 꼭 같은 시간에 돌아오마."

"그럼 좋아."

서진은 신나게 발을 구르며 약국 쪽으로 멀어졌다. 작은 뒷모습에 시선을 떼지 못하던 홍 씨는 곧 미경과 눈을 맞췄다.

"미안허다."

"네?"

"내가 그간 널 쌀쌀맞게 대했지 않니? 지난 몇 년간 투정 한 번 안 부리고 참더구먼. 미련하게…"

"아녜요. 할머니도 참…"

"눈에 안 보이면 마음에서도 멀어진다니, 네가 일자리 때문에 도통 마을에 코빼기도 비치지 않게 되니 나도 차라리 마음이 놓였다. 근데… 어제 널 보는데, 그게 아니었나벼."

"할머니…"

"그냥 잊었다, 하고 생각했던 거지. 알고 보니 가슴에 콱 박혀서 그 자리에 머물고 있더구먼. 내가 널 더 신경 썼어야 했는데, 미안하다."

미경은 목이 멨다. 한때 제2의 엄마처럼 미경을 응원하던 홍 씨가 단번에 남보다 못한 사이가 됐을 때 섭섭하지 않았다면 거짓말이다. 그러나 미경은 그게 누구의 탓도 아니라는 걸 알고 있었다. 홍 씨의 시선에선 미경과 그의 모친을 이해할 수 없었을 테니까.

"네가 어제 병원에서 날 챙기는 걸 보고 정신이 번쩍 들데. 어린 넌 내 행동을 탓하지도 않는데, 난 네 잘못도 아닌 일로 널 탓하고 있었어. 얼마나 부끄럽냐… 노망이 든 건지, 뭔지."

"진짜 괜찮아요, 할머니."

"그래. 네가 마음에 담아두지 않는다면야 나야 고마울 뿐이지. 늙은이가 주접이지?"

"할머니도 참…"

낄낄대던 홍 씨는 표정을 싹 굳히고 미경에게 말했다.

"근데 내가 비록 생각이 짧고 머리가 나빠도, 너랑 그 의사랑 싸우는 게 잘못된 일이라는 건 알겠다. 어찌 그러냐, 친구끼리."

"친구, 요?"

"아무리 네가 나이가 많다하나, 이런 깡촌에서 그 정도면 친구지. 네 엄마랑 내가 친구였듯이 말이다. 마침 딱 성별도 같으니 이런 호사가 어딨냐. 너도 이제 외롭지 않게 마음 터놓을 수 있는 친구가 생겼으니."

"그럴까요?"

"그럼! 네가 잘 챙겨 주고 있다는 소린 들었다. 그 짝도 어지간하면 마음을 열지 않겠냐. 속에 숨긴 이야기가 많아 보이는 양반이더마는 나쁜 사람 같아 보이진 않더라. 잘 사귀어 봐라."

미경은 몽땅 털어놓고 싶었다.

유진이 품고 있는 많은 이야기를 다 들었노라고. 그것들은 하나같이 절절하고, 슬프고, 아파서 뭘 어떻게 해야 할지 모르겠다고. 그리고 유진이 미경을 친구로 생각할 리는 없다고 말이다.

그러나 정작 미경의 입에서 나온 말은 하고 싶던 말과는 아무런 관계가 없는 것이다.

"친구라면, 뭐든지 응원해야 하는 걸까요?"

"글쎄… 사람이니 잘못된 길로 들어가기도 하지 않겠

냐. 그러니까 그게 꼭 들어맞는 얘긴 아니지."

"역시, 그렇죠?"

"그래도 난 그래야 한다고 보지마는."

"네? 왜요?"

배신감에 미간을 잔뜩 찌푸린 미경이 홍 씨에게 투정을 부리듯 말했다. 귀엽다는 듯이 미경을 본 홍 씨는 헛기침하고 말을 이었다.

"꼭 똥인지 된장인지 찍어 먹어 봐야 아는 놈도 있는 법이니까. 그래도 친구라고 품어 주는 게 진짜 친구 아니겠냐? 비록 나는 그러지 못했지마는… 넌 나보다 훨 배로 나은 사람이다, 미경아."

순간 미경은 넋이 나갔다.

홍 씨가 의도한 것은 아니겠지만, 그가 한 말은 모친이 죽기 전에 남긴 말과 똑같았다. 어머니의 음성과 홍 씨의 조언이 계속해서 미경의 귓가를 맴돌았다. 도둑질하듯이 유진의 차 키를 가져오고, 홍 씨와 함께 병원에 도착해 경과를 듣는 내내 그 목소리는 미경을 괴롭혔다.

*

 누군가 유진에게 하루가 어땠느냐고 묻는다면, 그는 정신없었다고 대답할 것이다.

 환자는 많았고 호철은 시끄러웠으며, 오후가 되자 환자들은 호철과 유진을 한데 묶어 수군대기 바빴다. 심지어 수다는 진료실 안에서도 계속됐다. 그들은 자신들의 몸 상태보다 유진의 로맨스에 더 관심이 많았다.

 파김치가 된 유진은 진료실 테이블에 축 늘어졌다. 미동도 하지 않던 그를 일으켜 세운 것은 하루 내내 그의 고막을 괴롭힌 장본인이었다.

 "어이, 선생~ 살아 있어?"

 "…"

 죽었다고 대꾸하면 호철이 사라질까.

 고민하던 유진은 천천히 몸을 일으켜 벌컥 열리는 진료실 문에 시선을 줬다. 문 건너편에는 녹초가 된 서진이 대기실 의자에 누워 작게 코를 골고 있었다. 제 발로 약국을 찾아온 작은 노동력을 호철은 알뜰살뜰히 부려 먹었더란다. 차마 그를 말릴 수 없었던, 정확히는 호철과 입씨름하기가 싫었던 유진은 그 모습을 안타깝게 바라볼

뿐이었다.

 호철은 서진을 볼 수 있게 진료실의 문을 활짝 열어 놨다. 그는 조금도 피곤한 기색이 없었다.

 "약국에 오는 사람들한테 대충 병원 사정을 듣기는 했는데 말이야. 진짜 손님 많네!"

 "…저번에, 큼."

 잔뜩 잠긴 목소리에 유진은 목을 가다듬었다.

 "저번에 분명 김 간호사님이 웬만한 사람은 다 왔다고 했는데요."

 "오늘까지 쳐서 그런 것 같네."

 "네?"

 "첫날 왔던 사람들은 돌팔이든 뭐든 그저 의사라면 좋았던 거고, 오늘 온 사람들은 그 괜찮다는 의사를 찾아온 거고. 어쨌든 바쁜 건 끝이겠네. 이젠 정말 웬만한 사람은 다 왔다 갔어."

 "아…"

 "아무리 시골이지만 의사라고 덮어놓고 믿겠어, 설마? 원래 선발대가 보증하고 나서야 후발대가 움직이는 법이라고."

 "그건 몰랐네요…"

음울하게 중얼거린 유진은 다시 테이블에 이마를 박았다.

"자랑스러워해도 된다고. 이제 마을 사람들은 다 선생을 믿는다는 거니까. 심지어 그 깐깐한 강 씨도 구워삶았더구먼."

"오늘 진료를 본 환자분 중에 그분은 없는데요."

유진이 반박했다.

"그 양반, 나흘째 금주 중이래. 선생이 그랬다던데? 약 먹을 땐, 술은 안 된다고."

"그렇게 말하긴 했죠. 정말 지키실 줄은 몰랐지만요."

유진은 강 씨에게서 풍기던 술 냄새를 여전히 기억하고 있었다. 호철이 그를 두고 술고래라고 칭했던 것 역시. 관찰된 증상과 증언으로 보아, 강 씨는 알코올 의존증이 분명했다.

"몸이 아프신가 보죠."

"에이~ 그 아저씨 성정에 무슨. 평소라면 술 먹으면 낫는다고 이미 들이붓고도 남았을 거야. 선생 말 듣는 거 맞아."

"꽤 확신하시네요."

"본인이 그랬거든. 의사치고 눈깔 똑바로 뜬 인간이 한 말이라 안 들을 수가 없다고."

칭찬인지 욕인지 모를 말에 유진의 표정이 미묘해졌다.

"강 씨 아저씨가 그렇게 좋은 말하는 거 처음 들었어. 의사는 다 돈이나 명예에 눈이 멀었다고 그렇게 욕을 하더니 말이야. 선생도 묘하게 대단한 일을 아무렇지도 않게 해낸단 말이야?"

유진은 웅얼대며 글쎄요라고 했지만 그게 호철의 귀에 닿았는지는 확실치 않았다.

그는 억지로 납덩이 같은 몸을 일으켰다.

"더 올 환자도 없는 것 같은데 유호철 씨도 이만 가 보시죠."

유진은 남은 시간을 허투루 쓰지 않을 작정이었다. 하루 종일 그의 곁에서 떨어질 생각을 하지 않는 호철 덕분에 거사를 치르는 데 쓸 밧줄은 구경도 못 했다. 유진의 머릿속은 시내로 나가서 튼튼한 밧줄을 사 올 생각으로 가득했다.

비록 몇 시간 전부터 차 키가 보이지 않지만, 열쇠의 행방은 호철이라는 거대한 장애물을 치운 다음에 찾으면 될 일이었다.

"날 보내지 못해서 안달이구먼. 누군 좋아서 이러고 있는 줄 알아?"

"네?"

"아까 미경이가 전화해서 신신당부했어. 자기가 오기 전까지 절대 선생을 혼자 두지 말라고. 선생, 혹시 애정결핍이야?"

"전혀요."

유진은 냉담하게 대꾸했다.

"쯧. 근데 왜 미경이는 그렇게 걱정을 하나 몰라. 다 큰 어른을."

"그러게요. 저는 괜찮으니 그냥 가세요. 오늘은 정말 감사했습니다."

유진은 미경을 향한 원망이 솟아났다. 억하심정은 감시역을 붙였다는 사실이 아닌 하필 그걸 호철에게 맡겼다는 데서 비롯됐다. 붙일 사람이 따로 있지 어떻게 호철을 붙인단 말인가. 함께 있는 것만으로도 스트레스가 쌓이는 사람을. 유진의 표정이 불퉁해졌다.

"에헤이, 그럴 순 없지. 이미 미경이한테 돈까지 다 받았는데."

"…돈이요?"

황당함에 유진의 목소리가 절로 격양됐다. 호철은 대수롭지 않다는 양, 어깨를 으쓱하고 대꾸했다.

"당연한 거 아냐? 그럼, 이 고생을 공짜로 하는 줄 알았어?"

"대체 얼마를, 아니 진짜 돈을 받았습니까?"

"그럼! 난 공짜로 일하는 머저리 같은 짓은 하지 않아."

호철은 대단한 말이라도 하는 것처럼 주먹으로 가슴을 쳤다. 유진은 그 모습을 넋 놓고 바라봤다.

말만 감시역인 줄 알았더니 정말로 김 간호사가 돈을 주고 사람을 고용했다.

"…제가 같은 값을 드리면, 절 좀 가만히 내버려두겠습니까?"

"그건 좀 이상한데."

"뭐가요?"

"미경이가 돈 줬다는 거에는 그렇게 놀라더니, 왜 똑같은 짓을 해서라도 혼자 있으려고 하는 건데?"

호철이 날카롭게 물었다. 말문이 막힌 유진은 궁색하게 어물거렸다. 그를 위기에서 구해 준 것은 그동안 코빼기도 보이지 않던 미경이었다.

"일 도와주라고 큰돈까지 쥐여 줬더니, 대체 왜 우리

선생님을 괴롭히고 있는 거야?"

"내가 언제 네 선생을 괴롭혔다고 그래. 나 참… 넌 볼일은 다 끝났냐?"

"그래. 그러니까 여기 왔지."

"웃차-! 그럼, 나는 이만 가볼게."

눈을 치뜬 미경이 무섭기는 한지, 호철은 잠든 서진을 번쩍 들어 올려 업고 그대로 줄행랑을 쳤다.

미경은 호철의 등에 대고 서진을 데려다주는 것을 잊지 말라고 외쳤다. 호철은 서진을 붙들지 않은 손을 번쩍 들어 흔들었다. 방정맞은 몸짓을 본 미경이 혀를 찼다.

"어디, 다녀오셨습니까?"

유진을 슬며시 그의 눈을 피하며 말을 붙였다. 미경과 눈을 맞추기가 거북했다.

"네. 볼일이 좀 있었어요. 아, 이거요. 죄송해요, 함부로 막 써서."

미경은 평소와 다름없이 대답했다. 차 키를 테이블에 올려두는 행동도 부드럽기 그지없었다. 차 키를 물끄러미 보던 유진은 눈을 질끈 감고 질문했다.

"경찰서입니까, 병원입니까?"

"네?"

"다녀오신 곳이요."

"아, 병원이요."

"거기선 언제 온답니까?"

"네? 선생님, 대체 무슨 말씀이세요?"

"정신 병원에 신고하기 위해 차까지 끌고 갔던 거 아닙니까?"

유진은 미경이 참 잔인하다고 생각했다. 누군가를 신고하는 데 그 사람의 차를 이용하다니 너무 모질지 않은가.

"대체 그게 무슨 소리세요? 저는 홍 씨 할머니랑 박 씨 아저씨를 모시고 옆 마을 종합 병원에 갔다 온 것뿐이에요!"

큰 오해를 할 뻔했다. 유진은 눈을 끔벅이며 생각했다.

"아… 두 분은 괜찮으신 건가요?"

"홍 씨 할머니는 동맥 경화증이래요."

"연세가 많으시니 이상한 일도 아니죠."

"그렇긴 하죠. 아무래도 고혈압을 방치해서 심해진 모양이라는데, 약은 앞으로 계속 드셔야 할 것 같아요. 주기적으로 검사도 받아야 하고요. 병세가 꽤 심각하다고 하더라고요."

"네."

"그리고 박 씨 아저씨는 다행히 파상풍도 아니고, 다른 부상도 없대요. 드레싱만 새로 받고 왔어요. 상처가 깊지 않아서 꿰맬 필요는 없다고 하던데요."

"다행이네요."

"그렇죠? 두 분을 따로 모시고 병원에 가느라 좀 오래 걸렸네요. 늦어서 죄송해요, 선생님."

"목적지가 같은데 왜 굳이…?"

유진이 영문을 모르겠다는 표정을 짓자, 미경은 분통을 터트렸다.

"왜겠어요! 박 씨 아저씨한테 부탁할 게 있어서죠!"

유진은 더욱더 미궁에 빠진 기분이었다. 미경이 박 씨에게 어떤 부탁을 했는지는 모르나 반응을 보건대 거절당한 게 분명했다. 그렇다면 거절한 당사자인 박 씨에게 화를 내야 마땅하거늘 왜 자신에게 화를 낸단 말인가. 심지어 미경은 서슬 퍼렇게 쏘아보기까지 했다.

"무슨 부탁이었는데요?"

미경의 박력 있는 모습에 유진은 화도 내지 못하고 조심스레 질문했다. 몇 초간 유진을 노려본 미경은 토하듯 대꾸했다.

"CCTV 영상을 달라고 했어요. 그 의심 많은 양반이 몰래 나무에 매달아 놨대요. 다른 사람이 선수 쳐서 폐자재를 빼돌리기라도 할까 봐서요. 하루 종일 설득했는데, 좀 전에서야 주더라고요."

미경은 SD 카드 하나를 차 키 옆에 내려놨다. CCTV 메모리 카드가 분명했다.

멍하니 작은 장치를 보던 유진이 다시 미경에게 시선을 주었을 때, 그는 눈물을 뚝뚝 떨구고 있었다.

"…왜 우세요?"

"차라리 박 씨 아저씨가 끝까지 잡아떼기를 바랐으니까요!"

미경이 거칠게 눈물을 닦았다.

"그러면 모르핀을 가져간 사람을 평생 모를 테고, 선생님도… 선생님도,"

"죽는 방법은 그것 말고도 많은데요."

유진은 휴지를 뽑아 건네며 여상스럽게 말했다. 미경은 듣지 못할 말을 들었다는 듯이 부르르 떨며 소리쳤다.

"그런 섬뜩한 소리를 아무렇지 않게 하지 마세요!"

"김 간호사님, 간호사시잖아요."

죽음을 가장 가까이에서 접하는 직업 두 개를 고르라

면, 의사 다음은 간호사일 게 분명했다. 유진은 미경의 반응이 의아했다.

"그거랑 이거랑 같아요?"

"뭐가 다르죠?"

"선생님은… 선생님이시잖아요."

"네?"

"마을 사람들이 그렇게 목 놓아 부르던 의사잖아요. 명예도 돈도 찾을 수 없는 이런 데에 자진해서 내려온 의사요. 그리고 저 같은 사람도 괜찮다고 말해 주셨잖아요."

"제가 언제요?"

"면접 볼 때요! 스위스 건 말이에요."

"…그야, 그건 정말 괜찮았으니까요."

"왜요, 어차피 죽을 거니까 사람 죽이는 간호사쯤은 아무렇지도 않았나 보죠?"

미경이 한껏 비꼬며 한 말에 유진은 단호하게 고개를 저었다.

"아뇨. 저는 그저 제 결심을 비웃지 않을 사람이 필요했던 것뿐입니다."

"네?"

미경의 눈이 동그래졌다.

짧은 새 생각을 정리한 유진은 크게 고개를 끄덕이며 말했다.

"확실히 그거네요. 쉽게 다른 직장을 구할 수 있게 이직 경험이 많은 사람을 채용하고 싶었습니다만, 그런 사람은 김 간호사님 외에도 많았습니다."

그제야 모든 게 명확해졌다. 수많은 지원자 중 김 간호사 단 한 명을 선택한 이유가.

"환자의 의사라면 죽음까지도 존중할 수 있는 간호사가 곁에 있기를 바랐나 봅니다."

"…난…"

"내 마지막을 지켜볼 사람이 적어도 날 비웃지 않기를 바랐어요. 말하고 보니까 말도 안 되네요. 고통에 몸부림치는 환자를 돌보던 간호사님이라면 오히려 저를 비웃고도 남을 텐데 말입니다."

유진은 씁쓸히 웃었다. 어제 미경이 한 말 중 그의 머릿속을 떠나지 않는 게 있다면, 왜 더 치열하게 살지 못했느냐는 말이다. 살려고 발버둥 치는 환자를 봐 왔던 미경이 보기에 자신은 얼마나 한심할까.

그는 짧은 생각으로 말미암아 미경을 채용한 것을 후회했다. 스위스에서의 경력이 그의 간호사 일생을 대변

하는 것은 아닐진대, 그것이 마치 미경의 직업 정신을 온전히 대변하는 양 착각했다.

후회와 자조가 섞인 미소를 본 미경은 눈썹을 늘어트리며 운을 뗐다.

"…선생님이 사람을 보는 눈이 좋은 건지 나쁜 건지 모르겠어요."

"네?"

"맞아요, 환자라면 일단 병마와 싸워야 한다고 생각하는 거. 근데요, 싸움에서 항상 이겨야 한다고 생각했으면 난 우리 엄마 따라서 스위스에 안 갔을 거예요."

"…"

유진은 멍하니 미경의 입만 바라봤다. 미경이 대체 무슨 말을 하는지 모르겠다는 표정이었다.

"고통이 역치를 넘으면 질 수도 있다고 생각해요. 그건 환자 마음대로 되는 게 아니니까. 우리 엄마도 졌고, 아마도 선생님도 마찬가지겠죠. 엄마는 몸이 아팠지만, 선생님은 마음이 아프다면서요. 다를 게 뭐가 있겠어요."

"미경 씨…"

유진은 처음으로 미경의 이름을 불렀다. 그의 고통을 이해하는 유일한 사람에 대한 무한한 감사와 존경을 담아.

"엄마가 마지막 순간에 당신의 결정을 후회했는지 아니면 기꺼워했는지 난 몰라요. 근데, 난 절대 기쁘진 않았어요. 하지만 결국 엄마가 고통에서 해방됐다는 사실을 무시할 순 없거든요. 무시무시한 통증도, 밤잠 못 이루게 하던 고통도 사라졌을 테니까. 그것만큼은 사실이니까…"

미경은 흐르는 눈물을 닦을 생각도 하지 못했다. 누구에게도 말하지 못한 속내였다. 해묵은 감정이 하필 유진의 앞에서 터진 것은, 홍 씨가 말했듯 자신이 은연중에 그를 친구로 생각하기 때문일까. 미경은 굳이 답을 찾는 멍청한 짓은 하지 않기로 했다. 떠날 이를 마음에 담아둬서 좋을 건 없으므로.

"그러니 당신이 우리 엄마만큼 고통 받고 있다면, 똑같이 자기 결정권을 행사한다 한들 내가 대체 뭐라고 할 수 있겠어요?"

"…"

"난 이걸 언제라도 없애 버릴 수 있었어요. 그런데 못하겠더라고. 차라리 당신 얘길 안 들을 걸 그랬어. 그랬으면 이렇게 멍청한 짓은 안 했을 텐데."

"고맙습니다."

"뭐가요? 죽는 거 안 말려서? 아니면 도와주기까지 해서?"

"내가 아프단 걸 알아줘서요."

"당신…"

"고통을 끝낼 방법이 이것밖에 없단 걸 알아줘서요."

"…"

미경은 말없이 눈물을 닦았다. 울지 않고 담담하게 말하려던 본래의 계획은 이미 무산됐다. 하지만 역시 할 말은 해야 했다.

"난 여전히 다른 가능성도 열려 있다고 봐요."

"가능성이요?"

"어머니가 원동력이었다면서요. 그러면 다른 누군가를 원동력으로 삼으면 될 일 아니겠어요?"

"…꿈 같은 가정이네요."

"아무리 비웃어도 난 그 꿈 계속 꿀 거예요. 비록 지금 이렇게 선생님의 말도 안 되는 계획을 돕고 있지만, 혹시 다른 생각이 들면…"

"그땐 꼭 제일 먼저 알려 줄게요."

유진은 가망이 없다고 생각하면서 장담했다. 미경을

위해 그 정도는 해줄 수 있었으므로.

　미경은 묵묵히 고개를 끄덕이며 생각했다. 이제는 누군가의 죽음을 조력할 수 없겠다고. 더 이상 마음이 버텨내지 못할 것 같다고 말이다.

9장

범인은 바로…

 미경과 함께 CCTV를 확인한 유진은 손을 들어 얼굴을 덮어 버렸다. 미경 역시 믿기지 않는다는 듯 결정적인 순간을 몇 번이나 재확인했다. 범인이 후문을 넘는 장면이 몇 번이고 반복됐다.
"가죠."
"네, 네? 어딜요?"
"어디겠습니까."
"선생님, 지금 시간이 몇 시인지는 아시는 거죠?"
"…시간이요?"
 유진은 믿을 수 없다는 표정으로 미경을 바라봤다. 그

표정에는 범인을 찾아가는 데 예의를 갖출 필요가 있느냐는 의미가 담겨 있었다.

미경은 노골적인 의미를 못 알아들은 척하고 유진을 설득했다.

"이런 시간에 갑자기 찾아가면 당연히 이웃분들께서도 무슨 일인가 궁금해할 거예요. 소란이라도 일면, 모두가 전후 사정을 알게 될지도 모르고요."

유진은 CCTV에 선명히 찍힌 범인의 초상으로 눈을 돌렸다. 조그만 실루엣을 본 그는 결국 한숨과 함께 두 손을 번쩍 들었다. 미경의 말에 동의한다는 의미였다.

"내일 새벽에 가는 걸로 하죠."

시간만큼은 양보할 수 없던 유진이 선언했다.

남의 집을 방문하는 시간으로는 늦은 밤이나 새벽 모두 무례하기 매한가지지만, 하루를 일찍 시작하는 시골의 일상을 고려하면 후자가 훨씬 나았다.

미경이 고개를 크게 끄덕이자, 유진은 경비실 의자에 몸을 묻었다. 학교의 수위실에서 썼음 직한 철제 의자가 삐꺽거리며 비명을 질렀다.

"괜찮으세요?"

고단함이 담뿍 묻어나는 유진의 행동에 미경이 걱정스

레 물었다.

"그냥, 좀 피곤하네요."

"범인도 찾았으니, 긴장이 풀리셨나 봐요."

"그런 것 같네요."

"선생님, 오늘 식사는 하셨어요?"

난데없이 훅 들어온 식사 운운에 유진은 헛웃음이 터졌다. 미경이 밥에 집착하는 건 이미 알고 있었다. 하지만 이런 시간, 이런 타이밍에조차 걱정을 들을 줄이야.

유진의 입가를 확인한 미경이 빙그레 웃으며 말했다.

"이쯤 되면, 제가 밥에 미쳤다고 생각하시겠네요."

"부정은 못 하겠네요. 유호철 씨한테도 신신당부하셨다면서요. 대체 왜 그렇게…"

"밥에 집착하냐고요?"

유진은 어깨를 으쓱여 수긍했다.

"음… 글쎄요. 습관 같은 거죠, 뭐."

"네?"

"가족이 없으니까 끼니 챙기는 게 귀찮더라고요. 밥 걱정해 주는 사람이 없어서 그런가… 처음에는 살 빠진다고 좋아했는데 해가 갈수록 힘에 부치더라고요. 한번 앓고 난 다음부터는 억지로라도 밥을 챙겨 먹으려고 해요.

이렇게 하는 게 효과가 좋다 보니 습관처럼 묻게 됐네요."

"이러는 게 뭔데요?"

"같이 밥 먹는 거요. 함께 먹는다고 생각하면 잘 챙겨 먹게 되던데요."

유진은 침묵했다. 미경은 천성이 선한 것이 분명하다는, 그 낯간지러운 말을 차마 할 수가 없었다.

미경이 작게 하품하는 것을 본 유진은 벌떡 일어나 SD카드를 뽑았다.

박 씨가 가지고 있는 CCTV 모델이 경비실의 설비와 같은 기종인 것은 분명 행운이었다. 재생기를 찾느라고 시간을 허비할 필요가 없었기 때문이다. 그러나 유진은 마냥 기뻐할 수 없었다. 박 씨가 어떻게 CCTV를 구했겠는가.

설령 박 씨가 사비로 CCTV를 구매했더라도 병원의 보안이 구멍이 송송 뚫린 그물보다도 못하다는 데는 의심의 여지가 없었다. 누구나 열 수 있는 창문, 쉽게 불법 복제가 가능한 금고 열쇠, 후문이 열린 문이라는 건 두말할 필요도 없었다. 유진은 생각만 해도 머리 아픈 보안 문제를 묻기로 했다.

경비실 앞에서 미경과 헤어진 유진은 힘겹게 계단을 올랐다. 직장과 주거지가 가까우면 편하다는 말은 두 장소가 같은 건물에 있는 경우에는 들어맞지 않는 모양이다. 건물에 엘리베이터가 없다면 더더욱.

숙소에 도착하기 무섭게 침대에 쓰러진 유진은 베개에 얼굴을 묻었다. 드디어 내일이라는 기대감이 하늘 높이 솟아올랐다가 한순간에 푹 꺼졌다. 한껏 고양된 감정이 일순 사그라든 이유를 알아내기도 전에, 그는 깊은 잠에 빠졌다.

*

"아이고, 선생님! 이것 좀 받으세요!"
"감사합니다."
"우리 의사 선생, 식사는 하셨나?"
"먹었습니다."
"그럼, 이건 간식!"
"어머님들, 이제 그만 주세요. 더 이상 짐을 들 손도 없어요."

미경이 중재하고 나서야 쏟아지던 선물 세례가 그쳤다.

거절을 거듭하던 유진은 만나는 사람마다 뭐라도 쥐여주지 못해 안달이자 사양을 포기했다. 대부분 직접 만든 반찬이나 갓 수확한 농산물로 고사하기도 애매한 물품이었다.

새벽부터 길을 나선 유진은 목적지까지 반도 가지 못한 상태였다. 미경이 말리지 않았다면 오늘 중으로 도착하지 못했으리라.

"어휴, 정말. 선생님 저한테 주세요."

"…간호사님도 이미 많이 받으셨는데요."

"다 선생님 드리라고 준 거예요. 세상에, 쌀도 있네."

유진은 고분고분히 미경이 재분배하는 대로 짐을 들었다. 걸음이 한결 가벼워졌다.

"갑자기 왜 이렇게 선물을 주시죠?"

"아, 그건…"

미경은 잠깐 멈칫하더니 곤란한 표정으로 설명했다.

"시골에서 선물은, 뭐랄까… 믿음의 증표랄까요, 환대의 의미랄까요. 좀 복잡해요."

"왜 그걸 지금… 아, 이해했습니다."

시기가 이상하다고 생각하던 유진은 곧 이유를 알아챘다. 호철이 어제 말했듯, 그는 이제야 비로소 마을의 일원으로 인정받은 것이다. 어제까지는 환영받지 못했다는 뜻이기도 했다. 미경의 난처한 표정은 거기서 비롯된 게 분명했다.

유진은 화제를 전환했다.

"다 왔네요."

두 사람은 금세 초록색 대문 앞에 도착했다. 유진이 철제 대문에 노크했다. 그러나 홍 씨는 감감무소식이었다.

"이상하네… 할머니는 보통 지금보다 더 일찍 일어나시거든요. 서진이도 그렇고요."

미경이 중얼대며 힘을 줘 대문을 밀자, 문이 스르르 열렸다.

"어머? 왜 문이, 서진아!"

미경이 경악하는 사이 유진은 재빨리 움직였다. 손에 든 짐을 던진 그는 서진에게 달려가 모르핀 병을 낚아챘다. 아이의 옆에 늘어선 나머지 두 개의 병도 흰 가운 주머니로 들어갔다.

저도 모르게 엄한 얼굴로 서진을 본 유진은 그제야 아이가 간신히 울음을 참고 있다는 걸 깨달았다. 그렁그렁한 큰 눈에서 눈물이 쏟아지기 무섭게 서진의 입이 열렸다.

"흐윽… 하, 할머니가, 흑… 아침에, 할머니가 맨날 날 깨우는데, 오, 오늘은… 할머니가 눈을 안 떠요…! 흐아앙!"

미경은 재빨리 119에 전화를 걸었다. 그사이 유진은 홍 씨를 진찰했다. 호흡을 확인한 그는 심폐 소생술을 실시했다. 서진은 그의 가운을 틀어쥐었다.

"김 간호사님, 제 차요!"

유진이 외치자, 미경은 내달리기 시작했다.

서진은 미경이 사라진 쪽을 한 번 보았다가 다시 유진을 본 뒤, 가운을 더 세게 잡았다.

소생 사이클이 몇 번이나 반복됐을까. 희미하게 홍 씨의 호흡이 잡힐 무렵 타이어가 바닥을 긁는 소리가 섬뜩하게 울려 퍼졌다.

"선생님!"

"다리 잡으세요!"

유진은 홍 씨의 상반신을 들어 올렸다. 미경이 바로 다리를 잡았다. 유진은 그제야 서진이 가운을 잡고 있다는 걸 알아차렸다. 힘을 어찌나 세게 줬는지 서진의 손은 새

하얗다 못해 푸르렀다.

"너도 같이 가자."

그 말을 들은 서진이 벌떡 일어섰다. 신발을 신으라는 미경의 말에는 반응도 하지 않던 아이는 유진이 같은 말을 하자 바로 슬리퍼를 찾아 신었다. 가운을 잡은 손은 여전했다.

유진은 홍 씨를 뒷좌석에 누이고 심폐 소생술을 재개했다. 서진이 방해가 되자 그는 단호하게 말했다.

"조수석에 앉아. 난 할머니 봐 드려야 해."

보다 못한 미경이 억지로 손을 떼어냈다. 미경은 서진을 조수석에 앉히고 안전벨트를 채웠다.

거칠게 차를 모는 미경을 그 누구도 나무라지 못했다. 세 사람은 십 분이라는 경악할 만한 기록과 함께 종합 병원에 도착했다. 홍 씨는 빠르게 응급실로 옮겨졌다. 뒤따라간 유진은 응급실 의사에게 상황을 설명했다. 산소 호흡기와 각종 검사 도구가 빠르게 홍 씨를 둘러싸고, 의사와 간호사까지 따라붙는 것을 본 유진은 드디어 한숨을 돌렸다.

"…너, 언제…"

서진은 어느샌가 그의 가운을 잡고 있었다. 유진은 아

이가 차에서 내린 줄도 몰랐다.

"서, 서진아!"

응급실 앞에 차를 댈 수 없어 주차장에 들른 미경은 서진을 발견하고 나서야 달음박질을 멈췄다.

미경이 서진을 애타게 찾아다녔다는 걸 눈치챈 유진이 서진의 볼을 가볍게 꼬집었다.

"너, 정말 말썽쟁이구나."

가운에서 약병이 스치는 소리를 들은 유진은 한숨과 함께 고개를 저었다.

"후우, 할머니는요?"

가쁜 숨을 진정시킨 미경은 바로 홍 씨의 안부부터 챙겼다.

"응급실에요. 필요한 조치는 다 취할 겁니다."

"와, 정말 다행이네요."

유진은 미경의 말에 공감할 수 없었다. 홍 씨의 숨소리는 금방이라도 꺼질 듯이 가냘프기만 했다. 그가 원래의 컨디션을 되찾을 수 있을지는 미지수였다.

"시간이 좀 걸릴 것 같으니, 대기실에서 기다리죠."

"그래야겠죠? 그러면 서진이는 집에 데려가는 게 좋을,"

"싫어요!"

서진이 큰 소리를 냈다. 본인도 놀랐는지 바로 유진의 뒤로 숨었다. 미경은 기가 막혔다.

"아니, 얘가… 너, 선생님을 언제 봤다고 그렇게 딱 붙어있어? 할머니가 중환자실이나 일반 병실로 가면, 그때 다시 오면 돼."

"같이 있을래요…"

누구와 같이 있겠다는 건지는 아무도 몰랐다. 홍 씨를 말하는 것 같기도 했고 유진을 말하는 것 같기도 했다.

팔짱을 끼고 서진과 눈싸움을 하던 미경은 곧 두 손을 번쩍 들었다. 서진의 고집을 그냥 무시하자니 얼굴 가득한 눈물 자국이 마음에 걸린 탓이다.

"어휴, 정말. 선생님, 괜찮으시겠어요?"

유진에겐 날벼락 같은 말이었다. 환자의 보호자라면 모를까, 보모라니. 그건 그가 할 수 있는 일이 아니었다.

유진의 표정을 확인한 미경은 고개를 주억댔다.

"혼자서는 힘드시겠죠. 걱정하지 마세요, 제가 돌아가서 지원군을 보낼게요. 병원은 일단 닫아 놓을 테니, 상황 정리되면 전화 한 번 주세요."

미경은 돌아가 버렸다. 유일한 탈것인 유진의 자가용

을 끌고. 떠나는 차의 뒤꽁무니를 멀거니 바라보던 유진은 서진에게 고개를 돌렸다.

오 일간 그의 마음을 졸이게 만든 원흉이자 범인은 큰 눈을 순진무구하게 뜨고 유진과 눈을 맞췄다. 악의라고는 한 점도 없는 눈은, 서진과의 첫 만남을 고려하면 장족의 발전이다.

유진은 그를 근처의 벤치로 이끌어 앉혔다.

"너… 대체 이건 왜 훔친 거야?"

바야흐로 심문의 시간이 도래했다.

"할머니가 아프니까요."

서진은 또박또박 대답했다. 자신보다 머리 하나는 큰 어른의 추궁에도 그는 겁을 먹지 않았다. 서진의 눈은 유진을 향한 신뢰로 가득했다. 그에게 유진은 할머니를 살린 영웅이었다.

"이건… 하, 이 약은 너희 할머니한테 쓰는 게 아니야."

"하지만! 선생님이 그랬어요! 그 약만 있으면 아픈 게 다 사라진다고!"

유진은 그제야 경위를 깨달았다. 서진이 많은 약물 중에서 꼭 모르핀을 훔쳐 갔던 것은, 그것이 제 선생님의 고통을 없애주는 약이란 걸 알고 있었기 때문이다.

"진해영 선생님이 말한 약이 이건 줄은 어떻게 알고?"

"주사는 물 같은 약만 쓰니까요! 알약은 주사로 못 놓고, 선생님은 맨날 주사를 맞는다고 했어요. 그리고 위원장 아저씨가 그랬어요. 아무리 선생님 약을 위해서라지만, 금고가 너무 비싸다고. 바가지 쓴 것 같다고 했어요."

이래서 애 앞에서는 찬물도 못 마시는 법이다. 유진은 재잘대는 서진을 보며 멍하니 생각했다.

그간의 일을 술술 읊는 서진에게 죄책감이라고는 보이지 않았다. 아이는 마약성 약물이니 도둑질이니 생각할 겨를 없이 그저 할머니의 고통을 없앨 약이 필요했던 것뿐이리라.

"선생님 약이 금고에 있다는 건 알았는데, 그게 열려 있을 줄은 몰랐어요. 그땐 운이 좋다고 생각했는데 알고 보니 안 좋았어요. 선생님은 주사를 맞는다고 했는데 난 그런 거 할 줄 모르거든요. 어쨌든, 물약이니까 마시면 될 줄 알았죠."

약병을 기울였던 건 그래서였군. 유진은 수십 분 전의 상황을 떠올렸다. 만약 홍 씨가 모르핀을 마셨더라면… 그는 새삼 늦지 않았다는 데 감사했다.

"근데요, 선생님…"

"응?"

"할머니, 나 때문에 아파요?"

"뭐?"

"내가 잘못해서 그래요? 역시 주사를 놨어야 했어요?"

"서진아, 할머니가 왜 아픈지는 검사 결과가 나와야 알아. 어쨌든 너 때문은 절대 아니고. 주사는… 하, 이 약은 함부로 쓰면 안 되는 약이야."

유진은 주머니를 두들겼다.

"먹어서도 안 되고. 다행히 넌 할머니께 이걸 드린 적이 없어. 적어도 이 약 때문에, 그러니까 너 때문에 할머니가 아픈 건 아니라는 거지."

"그치만…"

"할머니와 별개로, 약을 훔친 건 잘못했지. 네가 말했잖아. 이건 진 선생님 거라고. 이렇게 약을 막 가져가면, 선생님은 어떻게 해. 안 그래?"

"…사과하려고 했어요."

유진은 문득 서진과의 첫 만남을 떠올렸다. 그날 유진이 방문하지 않았다면 해영은 전말을 알게 됐을 터였다. 진 위원장에까지 생각이 미친 유진은 서진이 사과하지 못한 게 차라리 다행이라고 생각했다. 해영은 몰라도 그의 부친은 서진을 경찰서에 끌고 갔을 수도 있었다. 진 위원장의 성미로 보아 그럴 가능성이 컸다.

"잘못했어요…"

서진은 고개를 푹 숙였다. 유진은 그의 밤톨 같은 머리를 쓰다듬었다. 아이가 제 할머니를 위해서 한 일이란 걸 알기에 더 이상 화를 낼 수도 없었다. 결과적으로, 모르핀도 제때 찾았고.

"할머니는… 어떡해요?"

서진이 조심스레 물었다. 아이의 머리에서 손을 뗀 유진은 이마를 한 번 긁적이고 대답했다.

"여기 의사 선생님들이 최선을 다할 거야. 일단 기다려 보자."

"…내가 의사였으면, 우리 할머니가 이렇게 아프진 않았을까요?"

"그건 또 무슨 소리니?"

"할머니가 내가 의사가 되면 좋겠대요. 그래서 할머니 아픈 것도 다 고쳐주고, 다른 사람 아픈 것도 몽땅 낫게 해서 어딜 가도 사랑받았으면 좋겠다고요."

"의사라고 모든 병을 고칠 수 있는 건 아닌데."

"우리 할머니 쓰러졌을 때 선생님은 뭘 해야 하는지 알

앉잖아요. 난 아무것도 못 했는데."

"넌 애잖아."

유진은 가슴께에 닿을락 말락 하는 서진의 키를 상기하며 대꾸했다.

"아, 그러니까, 어른이 되면 말이에요! 어른이 돼서, 의사가 되면 우리 할머니 내가 고칠 수 있는 거죠?"

유진은 덜컥 숨이 막혔다. 아이가 꾸는 꿈의 결말을 유진은 알고 있었다. 그와 모친의 경우가 그랬으니까. 그러나 유진은 아이에게 그건 그저 꿈일 뿐이라고 할 수 없었다. 서진의 할머니가 응급실 신세를 지고 있는 지금이라면 더욱.

"글쎄… 의사도 전공이 많아서 그게 가능할지는 모르겠네."

"선생님은 뭔데요?"

"나? 난 정형외과."

"그게 뭔데요?"

서진은 또랑또랑한 눈을 빛내며 물었다.

"뼈 고치는 거."

"그럼, 나도 정형외과 할래요!"

"…할머니가 뼈가 아픈 게 아니면 어쩌려고?"

"하지만! 그게 아니면 내가 대체 누구한테 뼈를 배워요!"

"으응?"

이야기가 산으로 가는 기분에 유진은 어리둥절하게 되물었다.

"진 선생님이 그랬어요. 어른이 되기 전까지, 아니 어른이 된 다음에도 선생님들이 있대요. 오래 배워야 한 사람 몫을 할 수 있다고요. 근데, 우리 마을에는 내 선생님이 돼 줄 의사가 없었잖아요. 다행히 이젠 있지만."

의사가 도제 관계를 거쳐 되는 직업이 아니라고 말해 주려던 유진은 입을 다물었다. 좀 더 아이의 눈높이에 맞는 설명을 고심하던 그는 신중히 말을 골랐다.

"의사가 되려면 의대에 입학하면 돼. 거기에 가르치는 선생님이 많으니까, 그분들한테 배우는 거고."

"의대는 어떻게 가는데요?"

"공부 열심히 하면 돼."

"그럼, 그 공부 알려 줘요!"

학교에서 배우라고 하려던 유진의 말을 막은 것은 그가 꿈에라도 듣기 싫은 사람의 목소리였다.

"여어-! 큰일 겪었다며! 서진이, 좀 괜찮냐?"

"삼촌!"

서진은 벌떡 일어나 호철에게 달려가 안겼다. 호철은 서진을 번쩍 들어 올리더니 제자리에서 몇 바퀴 빙글빙글 돌고는 다시 아이를 내려놨다. 그제야 혈색이 없던 볼에 생기가 돌았다.

행복하게 웃는 서진을 본 유진은 호철이 아이를 썩 잘 돌본다는 것을 인정하지 않을 수 없었다. 서진이 있는 한 호철이 아무리 거북해도 함께 있는 게 나으리라.

호철은 유진을 향해 말했다.

"할머니, 중환자실로 옮긴 것 같던데?"

"그래요? 그럼 가죠."

유진이 벌떡 일어나자, 서진이 슬그머니 그의 손을 잡았다. 굳이 내칠 필요성을 느끼지 못한 그는 서진의 손을 마주 잡았다. 아이가 반대편 손으로 호철의 손을 잡지만 않았으면 참 좋았을 텐데.

중환자실에는 선객이 있었다. 진 위원장이 그들을 향해 묘한 눈빛을 보냈다. 세 사람이 한 가족처럼 손을 잡고 있는 모습을 즐기는 게 분명했다. 유진은 곧바로 손을 놔 버렸다.

"크흠, 내가, 저, 홍 씨 할머니 비상 연락망에 있어서 말이야."

진 위원장은 변명이라도 하듯 설명했다.

"…진해영 씨는요?"

"우리 딸은 미경이가 봐주고 있어. 연락하자마자 우리 집에 쳐들어오더니 날 바로 내쫓데? 어디 이길 수가 있어야지. 마침 호철이도 병원으로 간다기에 같이 왔어."

유진은 돌아가는 상황을 알아차렸다. 병원에서 비상 연락망에 있는 번호로 연락할 정도라면 아마 홍 씨는 가망이 없는 상태일 것이다. 다시 집으로 돌아갈 수 있다면 유진이 퇴원 절차를 밟으면 그만이니까.

그는 복잡한 얼굴로 서진을 바라봤다. 서진은 냉큼 할머니 쪽으로 달려가는 중이었다. 어른 셋이 함께 뒷모습을 걱정스레 본다는 것도 모른 채.

"그, 선생…"

"힘들다고 하던가요?"

"…어휴, 바로 아네. 역시 의사라 그런가."

서진이 그들의 시야에서 사라지자 진 위원장은 조심스레 말을 꺼냈다.

"동맥 경화가 심해져서 혈관을 막은 모양이야. 지금은 어떻게 의식이 있기는 한데, 이미 팔다리에 마비가 와서… 오늘을 넘길 수 없을 거라고 하는구먼."

유진은 입술을 짓씹었다. 고혈압을 조금 더 빨리 발견했더라면 하는 생각을 하지 않을 수 없었다.

"선생, 뭘 그렇게 죄책감 가득한 표정이야? 홍 씨 할머니가 하루 이틀이나마 더 사신 건 다 선생 덕인데, 뭘."

뜻밖에도 호철이 위로를 건넸다. 진 위원장이 냉큼 그를 거들었다.

"그럼! 그 덕분에 유언장도 만드신걸? 어제 갑자기 날 부르시길래 뭔가 했더니… 하여튼, 그게 아니었으면 서진이도 참 불쌍해질 뻔했지."

유진은 위원장의 말에 집중하지 못했다. 눈물범벅인 서진이 병실을 뛰쳐나왔기 때문이다. 교대라도 하듯 의사들이 그 자리를 채웠다.

아, 돌아가셨구나.

유진이 서진의 뒤를 쫓으려고 했지만, 호철이 한발 빨랐다.

"내가 가볼게, 선생은 여기에 있어."

"아이고, 가 봤자 병원인데 저렇게…"

진 위원장은 혀를 찼지만, 어조에는 뚜렷한 걱정이 담겨 있었다.

서진이 사라진 쪽을 보던 유진은 자신을 부르는 진 위원장에게로 고개를 돌렸다.

"선생. 서진이, 안 그래도 불쌍한 놈이야."

"네?"

"저이 부모가 애가 초등학교 입학할 때쯤인가, 사업차 미국에 갔다가 총격에 휘말렸어. 다행히 애가 너무 어려서 홍 씨 할머니한테 맡겨 놨기에 망정이지, 안 그랬으면 서진이까지 변을 당했을 거야."

"…"

유진을 할 말을 잃었다. 한 가족의 비극을 아무렇지도 않게 말하는 진 위원장을 이해할 수 없었다. 그것을 왜 자신에게 말하는지도 의문이었다. 경계심이 슬며시 고개를 들었다.

"이제 홍 씨 할머니가 가고 나면, 서진이한테 누가 남겠나. 하필 할머니의 형제자매도 다 먼저 가시고, 서진이 부모도 외동들이었으니… 저이는 이제 천애 고아야."

"그걸 왜 저한테…?"

유진은 참지 못하고 질문했다.

"으응? 그야, 홍 씨 할머니가 자네를 서진이 미성년후견인으로 점찍었으니 그렇지. 유언장에 보면 말이야, 그래도 미경이가 도와줄 수 있게 다 언질을 줬어. 걱정은 마. 미경이 걔가 애를 참 잘 봐, 어이 선생!"

더는 들을 생각이 없던 유진은 그대로 병원을 나섰다. 뒤에서 진 위원장이 애타게 그를 불렀지만, 그는 들은 체도 하지 않았다.

정처 없이 걷던 유진의 가운 주머니에서 모르핀 약병이 소리로 존재를 알렸다. 주사기만 있다면…

그러나 다시 한번 방해꾼이 등장했다.

"여, 선생!"

호철의 목에는 서진이 올라타 있었다. 부자 관계인 양 사이가 좋아 보였다. 유진은 왜 홍 씨가 호철이 아닌 그를 선택했는지 의문스러웠다. 게다가 마을에는 아이가 있는 기혼자나 육아 베테랑도 많을 텐데.

서진은 유진을 보자마자 호철의 목에서 내려왔다.

"선생님!"

"…"

"나, 진짜 말 잘 들을게요! 할머니가 그랬어요! 선생님 말만 잘 들으면 훌륭한 의사가 될 거라고! 그리고 그러면… 그러면 나중에 어른이 돼서 우리 할머니 같은 사람들, 다 낫게 해 줄 수 있으니까요!"

의문은 싱겁게 풀렸다. 그의 직업이 의사가 아니었다면, 병원에서 죽겠다는 알량한 생각으로 상면 병원에 내려오지 않았다면 일이 이렇게까지 꼬일 일도 없었을 것이다.

10장

안녕, 나의 제자

*

 유진은 상면 병원에 도착한 후에 정신을 차렸다.

 진 위원장의 자가용이 흙먼지를 일으키며 정차했다.

 "선생, 괜찮은 거 맞아? 원래도 멍한 양반인 건 알지만 오늘따라 좀 심한데?"

 호철답지 않은 걱정스러운 어조였다. 백미러로 유진을 흘겨본 진 위원장이 대신 대꾸했다.

 "아이고, 당연한 거 아니냐. 난 또 홍 씨 할머니가 미리 의사 선생님하고 상의한 줄 알았지. 설마 본인을 쏙 빼놓고 정한 일인 줄은 꿈에도 몰랐네. 갑자기 후견인이니 그런 얘기를 들으면 나라도 까무러치겠다."

"아니, 위원장님은 애 앞에서 무슨 그런 말씀을 하십니까?"

호철은 조수석에서 위원장을 타박했다. 서진을 흘긋 본 위원장은 겸연쩍은 어조로 말했다.

"크흠, 서진이, 서운하냐?"

"아니요."

서진은 또랑또랑하게 대답하고는 손에 슬쩍 힘을 줬다. 아이는 유진과 함께 뒷좌석에 앉기 무섭게 가운을 틀어쥐었더란다. 서진은 한 번도 그 손을 놓지 않았다.

작은 손을 물끄러미 바라보던 유진은 차에 탄 후 처음으로 입을 열었다.

"장례식은요?"

"병원에서 사망 진단서 떼주면 홍 씨 할머니가 가입한 상조 회사에서 사람이 올 거야. 마을 자체적으로 상조회가 있으니, 일손이 부족할 일은 없을 테고. 저, 서진이 옷 입히고 뭐 그런 건 좀 해야겠구먼."

진 위원장은 슬쩍 유진을 봤지만, 호철의 반응이 더 빨랐다.

"에헤이, 아무리 애라지만 엄연히 남자예요. 왜 시집도 안 간 선생한테 남자애 옷을 갈아입히라 말라 하십니까.

여기, 딱 적임자인 건장한 남자가 있는데!"

 호철은 으스대듯 말하며 어깨를 쫙 폈다. 그의 과장 섞인 대꾸는 분명 유진을 배려한 말이었다. 유진은 고마움에 작게 웃었다.

 웃음을 본 호철의 눈이 휘둥그레졌다.

 "그럼, 선생은 여기서 내리고, 호철이는 너는 서진이 집에 내려 줄게. 근데 선생도 이제 서진이 집에 살아야 할 건데 하루라도 빨리 익숙해지는 게 좋지 않을까?"

 "아직 후견인 한다고도 안 했는데, 김칫국부터 마시지 마시고요. 선생은 얼른 내려. 저 아저씨, 간만에 큰일을 맡았다고 아주 눈에 불을 켜고 달려든다, 참 나."

 "크흠…"

 진 위원장은 작게 헛기침하며 면구스러움을 달랬다. 호철의 말은 틀린 게 하나도 없었다. 그는 홧홧하게 달아오른 뺨을 애써 모른 척했다.

 "그럼, 이따가 뵙겠습니다."

 유진은 일어나면서 서진의 손을 꼭 쥐었다가 놨다. 아이의 손에서 힘이 스르르 풀렸다. 가운은 서진의 땀으로 쭈글쭈글했다.

 "응, 그래~ 시간 되면, 우리 딸도 한 번 들여다보고."

"참 바라는 것도 많다니까, 우리 위원장님은. 하여튼 장례식 준비는 시간이 꽤 걸릴 테니까 내가 따로 연락할게, 선생."

호철은 끝까지 위원장을 잘 막아냈다. 그는 조수석에서 내려 서진의 옆에 앉고 문을 닫았다. 차가 흙먼지를 일으키며 병원을 빠져나갔다.

주차장에 우두커니 서 있던 유진은 차가 완전히 사라지고 나서야 걸음을 옮겼다. 그는 유리문 앞에서 낯익은 글자를 발견하고 멈췄다. 손잡이에는 '임시 휴업' 안내문이 걸려 있었다. 어렵지 않게 후문의 글씨를 떠올린 유진이 픽 웃었.

그가 초인종을 누르기도 전, 유리문이 벌컥 열렸다. 수척한 표정의 미경이 그를 불렀다.

"선생님…"

미경의 표정을 본 유진은 깨달았다. 미경은 이미 홍 씨 할머니의 타계를 알고 있다. 위원장이나 호철이 말을 전했으리라.

"병원은 언제 닫았나요?"

"오자마자요. 선생님도 없는데, 무슨 수로 병원을 열겠어요."

"그런가요."

조용히 대꾸한 유진은 유령 같은 걸음으로 진료실에 들어가 앉았다. 왠지 그렇게 해야만 할 것 같은 기분이었다.

문단속을 마친 미경이 유진의 뒤를 따랐다. 그가 유진의 맞은편에 앉기 무섭게 음울한 목소리가 귀에 꽂혔다.

"후견인 얘기도 들으셨습니까?"

유진은 두 손을 들어 얼굴에 얹었다.

어조에서 우울과 울분을 모두 느낀 미경은 쉬이 입을 열 수 없었다. 그가 조심스레 운을 뗀 것은 들썩이던 유진의 흉부가 진정됐을 때였다.

"저랑 호철이가 있잖아요. 너무 그렇게 큰 의미 부여하지 않으셔도 될 것 같은데요."

"난 미경 씨가 아주 똑똑하다고 생각합니다. 유호철 씨도 마찬가지고요."

미경은 난데없는 칭찬에 깜짝 놀랐다. 그러나 기쁜 것도 잠시였다.

"만약 두 분이 제대로 제도를 이용했다면, 아니, 정보나 교육 격차가 심각한 이런 시골에서 자라지만 않았다면 의사가 되고도 남았을 겁니다."

"전 제 직업에 만족해요."

미경은 일순 감정이 상해 뾰족하게 대꾸했다. 이어지는 말이 아니었다면 정말 화를 냈을 터였다.

"유호철 씨한테, 그 사람 과거 얘길 들었습니다. 본래는 의사가 목표였다고요."

"…호철이가 그런 것까지 말했어요?"

그것이 호철의 가장 큰 상처라는 걸 아는 미경은 깜짝 놀랐다. 새침한 도시 의사라고 욕할 때는 언제고, 그새 정이 든 것이 분명했다.

"미경 씨와 호철 씨, 두 분이 돌봐주면 서진이는 의사가 될 수 있을까요?"

유진은 회의적으로 말했다.

울컥 솟은 반발심에 유진의 말을 부정하려던 미경은 곱씹을수록 그의 말에 일리가 있다는 걸 깨달았다. 콩 심은 데 콩이 나고, 팥 심은 데 팥이 나는 진리를 깰 수 있을까.

얼굴을 가린 손을 내린 유진은 복잡한 표정의 미경을 흘긋 봤다. 그는 가운 주머니에서 약병 세 개를 꺼냈다. 일촉즉발의 상황에서 탈취한 모르핀이다.

"서진이는 지금 열한 살이죠. 현역으로 의대에 입학한

다 한들 구 년이라는 시간이 필요합니다. 그리고 의사로서 확실히 말하는데, 진해영 씨는 절대 9년을 살진 못할 겁니다."

"갑자기 그게 무슨… 아!"

해영의 이름이 등장하자 미경은 어리둥절했다. 유진이 모르핀 병을 툭툭 건드리자 그는 그제야 탄식했다.

서진의 미성년후견인 자리를 받아들인다면, 9년 후의 유진은 모르핀으로 자살할 수 없다. 그때가 되면 이미 그 약이 필요한 환자는 죽은 뒤일 것이므로. 운 좋게 모르핀이 필요한 환자가 또 생기지 않는 한, 그가 당초 세운 계획은 백 퍼센트 무산된다.

미경은 모르핀과 유진을 번갈아 봤다. 그는 내심 모든 게 다 해결됐다고 생각했다. 어찌 됐든 더 이상 신고하냐 마느냐로 골머리를 썩일 일은 없어졌으니까. 그러나 새로 생긴 문제는 종전의 것만큼이나 고약했다. 서진의 미래를 선택하면 유진의 계획이 무산되고, 유진의 계획을 선택하자니 서진의 미래가 불투명해지는 것이다.

관자놀이를 꾹 누르는 유진을 보던 미경은 조심스레 입을 열었다.

"선생님."

"네."

"죄송한데, 답은 이미 나온 것 아닌가요?"

"네?"

"선생님의 죽음과 서진이의 미래를 놓고 고민한다는 건, 이미 서진이가 선생님에게 그만큼이나 중요하다는 거잖아요. 아닌가요?"

"…그럴 리가요."

유진은 말썽쟁이의 얼굴을 떠올리며 자신이 듣기에도 설득력 없는 어조로 부인했다.

서진은 여러모로 최악의 이미지를 남겼다. 되바라진 꼬맹이, 모르핀 도둑, 심지어 그 작은 악마는 가운 학살범이기도 했다. 유진은 쪼글쪼글 구겨진 가운을 내려다보며, 세탁으로 복구할 수 있을지 가늠해 봤다. 병원에 세탁기라는 가전이 있을 리가 만무하니 설령 그렇다 한들 시도하지도 못할 터였다.

"결정하시는 데 도움이 될지는 모르겠지만…"

유진은 미경의 말을 한 귀로 듣고 한 귀로 흘렸다. 그는 서진의 인상을 하나씩 꼽아 보느라 여념이 없었다.

서진은 말썽쟁이, 되바라진 꼬맹이, 모르핀 도둑, 가운 학살범인 동시에 단둘뿐인 조손 가정의 손자이자 의사가 되길 원하는 아이다.

유진은 그와 유사한 가정 환경, 똑같은 직업을 꿈꾸던 사람을 알고 있다. 어머니와 둘이 함께 미래를 꿈꾸던 그리고 결국 염원하던 직업을 거머쥔. 종내에는 홀로 남겨진 그 사람은 다름 아닌 유진 자신이다.

그 순간 호소성 짙은 미경의 설득이 유진의 귀에 꽂혔다.

"계획을 포기하라는 게 아니잖아요. 서진이가 성인이 될 때까지만 유예하는 것뿐이죠. 물론, 결정은 선생님 몫이지만요."

유진은 얼굴을 가려 버렸다. 미경의 말대로 그의 미래와 서진의 미래를 놓고 고민하던 시점에서 이미 답은 나온 건지도 몰랐다. 피 한 방울 안 섞인 아이가 대체 뭐가 중요하다고 자신과 서진의 미래를 동일 선상에 놨을까. 비교 대상이 서진이 아니었다면 애초에 있을 수 없는 일이었다.

"서진이네엔, 세탁기가 있습니까?"

유진의 뜬금없는 질문은 항복을 알리는 신호탄과도 같았다.

*

　향냄새가 잔뜩 밴 검은 옷을 입고 초록색 대문을 넘는 서진의 걸음은 조심스러웠다. 그가 들고 있는 것이 조모의 마지막 자취이자 최종 형태인 뼛가루라는 점에서 봤을 때, 신중한 몸짓은 당연했다.
　"선생님, 저거요."
　납골함을 홍 씨의 방 창턱에 내려놓은 서진은 유진 곁으로 달려와 한쪽에 놓인 가전을 가리켰다. 검지가 향하는 방향에는 미경이 신신당부한 세탁기가 있었다. 어이가 없어 너털웃음을 터트린 유진은 서진의 머리를 쓰다듬었다.
　아이는 스스럼없이 애정 표현을 받았다. 유진은 장례식 내내 서진의 곁을 지켰고, 그로 인해 아이는 유진을 향한 무한한 신뢰를 품게 됐다. 서진은 유진의 말이라면 무엇이든 따를 준비가 되어 있었다.
　유진이 아이와 함께 산다는 것을 실감한 순간은 아귀가 맞지 않아 삐걱대는 대문을 확인했을 때였다. 제대로 잠기지 않는 대문이 경각심을 불러일으켰다. 그가 철물점과 가구점 사이에서 고심하는데, 초대치 않은 방문객이 고개를 내밀었다.

"계쇼?"

옆집에 사는 알코올 의존자 강 씨였다. 서진의 인사를 데면데면하게 받아 준 그는 손에 든 물건을 흔들어 보였다. 망치와 윤활유였다.

"할멈 살 때는 그러려니 했지만, 젊은 아가씨가 애랑 사는데, 그럴 수야 있나."

유진을 향해 멋쩍은 미소를 지은 강 씨는 대문을 수리하기 시작했다. 이음매에 윤활유 스프레이를 뿌리고 망치로 여기저기를 깡깡 두드리는 그의 손놀림은 거침이 없었다. 덜덜 떨리는 손을 무시하면 군더더기 없는 솜씨다.

유진은 어렵지 않게 그것이 금단 증세란 걸 알아봤다. 강 씨는 장례식장에서조차 금주했다. 조문을 온 마을 사람들 모두가 놀라던 장면이 유진의 머리에 깊게 박혔더란다.

"저, 그…"

대문 수리를 마친 강 씨는 유진이 치료해 준 다리를 애꿎게 두드리며 운을 뗐다. 유진은 몸을 돌려 강 씨를 마주했다.

"대문 자물쇠는 너무 오래됐으니, 헌것은 박 씨가 수거해 가고 새것은 면장이 가져오기로 했어. 조금만 기다리라고."

"네. 알려 주셔서 감사합니다. 대문 수리도요."

대문은 더 이상 삐걱거리지 않았다.

강 씨는 할 말이 남았는지 우물쭈물했다. 그를 쳐다보던 유진은 강 씨가 생각했던 것보다 젊을 수도 있겠다는 생각이 들었다. 처음엔 육십 대 정도로 보였는데 깔끔히 면도하고 나니 기껏해야 오십 대 같았다.

망설이던 강 씨는 거칠게 외마디 말을 남기고는 바람같이 사라졌다.

"다리 치료해 줘서, 고맙다고!"

허둥지둥 멀어지는 뒷모습을 물끄러미 보던 유진은 서진과 눈을 마주치고 작게 웃었다.

그때 저 멀리서 유진을 부르는 소리가 났다.

"여~ 선생~"

언제나처럼 비죽이는 웃음을 입에 건 호철이었다. 그는 쌀 포대를 이고 있었다. 미경도 어렴풋이 보였다. 미경은 두 손 가득 무언가를 들고 있었는데, 유진은 그게 밥반찬이라는 데 의사 면허도 걸 수 있었다.

"삼촌!"

호철을 발견한 서진이 발을 동동대자, 유진은 고개를 끄덕였다. 서진은 밝게 웃으며 그들을 향해 달려갔다.

아이의 뒷모습을 지켜보던 유진은 스마트폰을 들어 연락처 목록을 뒤지기 시작했다. 곧 필요한 번호를 찾은 그는 전화를 걸었다.

"어머, 유진 씨! 설마 먼저 연락할 줄이야! 거기는 어때요? 잘 지내요? 저는 잘 지냈어요!"

전화를 걸자마자 말이 쏟아졌다. 유진은 재빨리 용건을 말했다.

"전원생활, 궁금하다고 하셨죠?"

"그럼요! 기억하고 있네요? 역시 저랑 상담하는 게 그렇게 싫진 않았던 모양이에요. 원래 좋은 기억은 오래간다잖아요~"

"한번 내려오시죠."

"어어? 저 초대하는 거예요? 유진 씨 계신 데로?"

"네."

"어머머! 저 거절 안 해요? 제가 가면 마을 소개도 다 해 주고, 정착할 수 있게 도와주는 거예요?"

"음…"

그렇게까진 할 생각이 없던 유진은 침음했지만, 유나는 이미 결론을 내렸다.

"침묵은 긍정! 그럼, 전 그렇게 알고 내려갑니다아?"

"그런데, 혹시…"

"네?"

"알코올 의존증, 치료해 본 적 있나요?"

유진은 그렇다는 대답을 듣자마자 전화를 끊었다.

그 뒤로도 자기 자랑을 한참이나 늘어놓던 유나는 십여 분이 지나서야 통화가 끊어졌다는 사실을 눈치챘다.

"어휴, 선생. 미경이는 당신을 살찌워 죽일 생각인 게 분명해."

"야! 어디서 그런 험악한 말을!"

어느덧 대문 앞에 도착한 호철과 미경은 떠들썩하게 얘기꽃을 피웠다. 슬그머니 다가온 서진이 유진의 손에 자기 손을 밀어 넣었다. 유진은 작은 손을 힘주어 잡으며 생각했다.

죽을 자린 역시 병원이 좋지만, 죽는 건 아무래도 조금 미뤄야겠다.

fine.

맺음말

사느냐 죽느냐 그것이 문제로다•

셰익스피어의 문장은 동서고금을 막론한 명문이 분명합니다. 오랜 시간이 지난 지금에도 여전한 공감의 울림을 전하고 있기 때문입니다. 탄생은 우연이지만, 난생은 필연이라는 진리를 누가 그렇게 쉽게 풀어 쓸 수 있을까요. 역시 대문호라는 찬사가 아깝지 않은 거장입니다.

『햄릿』과 『죽을 자리는 역시 병원이 좋겠어』 사이의 공통점은 삶과 죽음이라는 소재를 다뤘다는 것뿐입니다. 비교하자면 부끄러운 수준이지만 후자에는 권력 다툼이라는 복잡한 문제는 등장하지 않습니다. 오로지 죽음을 고민하는 한 명의 주인공이 있을 뿐이죠. 평범한 삶을 사

• 윌리엄 셰익스피어(2006)/햄릿(여석기 옮김)/문예출판사

는 사람이 평범하게 살아가는 모습을 그리고 싶었습니다.

혹자는 우울증이든 뭐든 어떤 이유에라도 죽을 결심을 한 사람은 평범하지 않다고 말할 수도 있습니다. 하지만 어딘가에는 본 소설 속 주인공처럼 죽을 생각으로 사는 사람이 있을지도 모릅니다. 누구라도 한 번쯤 삶보단 죽음을 고민할 수 있다는 점에서 주인공도 평범한 축에 속하는 거 아닐까요?

본 소설은 죽을 만큼 힘들 때 죽을 생각을 하는 건 당연하다는 발상에서 시작됐습니다. 주인공이 언급했듯, 그게 꼭 육체적인 고통에 국한된 게 아니어도요. 비슷한 생각을 한 적이 있거나 하고 있는 독자분들에게 위로를 전하는 것이 목표였습니다. 이 마음이 소설에 담겼기만을 바랍니다.

사는 게 죽을 만큼 힘들다는 걸 아는 사람이 적어도 한 명 여러분 곁에 있습니다.

감사합니다.

한수정 드림.

죽을 자리는 역시 **병원**이 좋겠어

1판 1쇄 인쇄 2024년 1월 19일
1판 1쇄 발행 2024년 1월 25일

지은이 한수정
편집인 조현희
디자인 조현희

발행처 희유 출판사   **출판등록** 2024년 1월 2일   제2024-000001호
주소 경기도 용인시 기흥구 용구대로2469번길 164, 208호(보정동)
이메일 huiyu0101@naver.com
블로그 https://blog.naver.com/huiyubooks
홈페이지 www.huiyubooks.modoo.at
인스타그램 https://www.instagram.com/huiyubooks
제작처 북크림

ISBN 979-11-986130-0-4 (03810)

- 저자와 출판사의 서면 허락 없이 내용의 일부 또는 전부를 무단 인용하거나 발췌하는 것을 금합니다.
- 잘못된 책은 구입하신 곳에서 교환해 드립니다.
- 책값은 뒤표지에 있습니다.